Walter Benjamin

Einbahnstraße

Berliner Kindheit
um Neunzehnhundert

Fischer Taschenbuch Verlag

2. Auflage: Juli 2013

Veröffentlicht im Fischer Taschenbuch Verlag,
einem Unternehmen der S. Fischer Verlag GmbH,
Frankfurt am Main, Februar 2011

Für diese Ausgabe:
© S. Fischer Verlag GmbH, Frankfurt am Main 2011
Satz: Dörlemann Satz Lemförde
Druck und Bindung: CPI – Clausen & Bosse, Leck
Printed in Germany
ISBN 978-3-596-90319-1

Unsere Adressen im Internet:
www.fischerverlage.de
www.fischer-klassik.de

Inhalt

Einbahnstraße

Diese Straße heißt
Asja-Lacis-Straße
nach der die sie
als Ingenieur
im Autor durchgebrochen hat

Die Konstruktion des Lebens liegt im Augenblick weit mehr in der Gewalt von Fakten als von Überzeugungen. Und zwar von solchen Fakten, wie sie zur Grundlage von Überzeugungen fast nie noch und nirgend geworden sind. Unter diesen Umständen kann wahre literarische Aktivität nicht beanspruchen, in literarischem Rahmen sich abzuspielen – vielmehr ist das der übliche Ausdruck ihrer Unfruchtbarkeit. Die bedeutende literarische Wirksamkeit kann nur in strengem Wechsel von Tun und Schreiben zustande kommen; sie muss die unscheinbaren Formen, die ihrem Einfluss in tätigen Gemeinschaften besser entsprechen als die anspruchsvolle universale Geste des Buches in Flugblättern, Broschüren, Zeitschriftartikeln und Plakaten ausbilden. Nur diese prompte Sprache zeigt sich dem Augenblick wirkend gewachsen. Meinungen sind für den Riesenapparat des gesellschaftlichen Lebens, was Öl für Maschinen; man stellt sich nicht vor eine Turbine und übergießt sie mit Maschinenöl. Man spritzt ein wenig davon in verborgene Nieten und Fugen, die man kennen muss.

FRÜHSTÜCKSSTUBE

Eine Volksüberlieferung warnt, Träume am Morgen nüchtern zu erzählen. Der Erwachte verbleibt in diesem Zustand in der Tat noch im Bannkreis des Traumes. Die Waschung nämlich ruft nur die Oberfläche des Leibes und seine sichtbaren motorischen Funktionen ins Licht hinein, wogegen in den tieferen Schichten auch während der morgendlichen Reinigung die graue Traumdämmerung verharrt, ja in der Einsamkeit der ersten wachen Stunde sich festsetzt. Wer die Berührung mit dem Tage, sei es aus Menschenfurcht, sei es um innerer Sammlung willen, scheut, der will nicht essen und verschmäht das Frühstück. Derart vermeidet er den Bruch zwischen Nacht-

und Tagwelt. Eine Behutsamkeit, die nur durch die Verbrennung des Traumes in konzentrierte Morgenarbeit, wenn nicht im Gebet, sich rechtfertigt, anders aber zu einer Vermengung der Lebensrhythmen führt. In dieser Verfassung ist der Bericht über Träume verhängnisvoll, weil der Mensch, zur Hälfte der Traumwelt noch verschworen, in seinen Worten sie verrät und ihre Rache gewärtigen muss. Neuzeitlicher gesprochen: er verrät sich selbst. Dem Schutz der träumenden Naivität ist er entwachsen und gibt, indem er seine Traumgesichte ohne Überlegenheit berührt, sich preis. Denn nur vom anderen Ufer, von dem hellen Tage aus, darf Traum aus überlegener Erinnerung angesprochen werden. Dieses Jenseits vom Traum ist nur in einer Reinigung erreichbar, die dem Waschen analog, jedoch gänzlich von ihm verschieden ist. Sie geht durch den Magen. Der Nüchterne spricht von Traum, als spräche er aus dem Schlaf.

NR. 113

> Die Stunden, welche die Gestalt enthalten,
> Sind in dem Haus des Traumes abgelaufen.

Souterrain

Wir haben längst das Ritual vergessen, unter dem das Haus unseres Lebens aufgeführt wurde. Wenn es aber gestürmt werden soll und die feindlichen Bomben schon einschlagen, welch ausgemergelte, verschrobene Altertümer legen sie da in den Fundamenten nicht bloß. Was ward nicht alles unter Zauberformeln eingesenkt und aufgeopfert, welch schauerliches Raritätenkabinett da unten, wo dem Alltäglichsten die tiefsten Schächte vorbehalten sind. In einer Nacht der Verzweiflung sah ich im Traum mich mit dem ersten Kameraden meiner Schulzeit, den ich schon seit Jahrzehnten nicht mehr kenne und je in dieser

Frist auch kaum erinnerte, Freundschaft und Brüderschaft stürmisch erneuern. Im Erwachen aber wurde mir klar: was die Verzweiflung wie ein Sprengschuss an den Tag gelegt, war der Kadaver dieses Menschen, der da eingemauert war und machen sollte: wer hier einmal wohnt, der soll in nichts ihm gleichen.

Vestibül

Besuch im Goethehaus. Ich kann mich nicht entsinnen, Zimmer im Traume gesehen zu haben. Es war eine Flucht getünchter Korridore wie in einer Schule. Zwei ältere englische Besucherinnen und ein Kustos sind die Traumstatisten. Der Kustos fordert uns zur Eintragung ins Fremdenbuch auf, das am äußersten Ende eines Ganges auf einem Fensterpult geöffnet lag. Wie ich hinzutrete, finde ich beim Blättern meinen Namen schon mit großer ungefüger Kinderschrift verzeichnet.

Speisesaal

In einem Traume sah ich mich in Goethes Arbeitszimmer. Es hatte keine Ähnlichkeit mit dem zu Weimar. Vor allem war es sehr klein und hatte nur ein Fenster. An die ihm gegenüberliegende Wand stieß der Schreibtisch mit seiner Schmalseite. Davor saß schreibend der Dichter im höchsten Alter. Ich hielt mich seitwärts, als er sich unterbrach und eine kleine Vase, ein antikes Gefäß, mir zum Geschenk gab. Ich drehte es in den Händen. Eine ungeheure Hitze herrschte im Zimmer. Goethe erhob sich und trat mit mir in den Nebenraum, wo eine lange Tafel für meine Verwandtschaft gedeckt war. Sie schien aber für weit mehr Personen berechnet, als diese zählte. Es war wohl für die Ahnen mitgedeckt. Am rechten Ende nahm ich neben Goethe Platz. Als das Mahl vorüber war, erhob er sich mühsam und mit einer Geberde erbat ich Verlaub, ihn zu stützen. Als ich seinen Ellenbogen berührte, begann ich vor Ergriffenheit zu weinen.

Für Männer

Überzeugen ist unfruchtbar.

Normaluhr

Den Großen wiegen die vollendeten Werke leichter als jene Fragmente, an denen die Arbeit sich durch ihr Leben zieht. Denn nur der Schwächere, der Zerstreutere hat seine unvergleichliche Freude am Abschließen und fühlt damit seinem Leben sich wieder geschenkt. Dem Genius fällt jedwede Zäsur, fallen die schweren Schicksalsschläge wie der sanfte Schlaf in den Fleiß seiner Werkstatt selber. Und deren Bannkreis zieht er im Fragment. »Genie ist Fleiß.«

Kehre zurück! Alles vergeben!

Wie einer, der am Reck die Riesenwelle schlägt, so schlägt man selber als Junge das Glücksrad, aus dem dann früher oder später das große Los fällt. Denn einzig, was wir schon mit fünfzehn wussten oder übten, macht eines Tages unsere Attrativa aus. Und darum lässt sich eines nie wieder gut machen: versäumt zu haben, seinen Eltern fortzulaufen. Aus achtundvierzig Stunden Preisgegebenheit in diesen Jahren schießt wie in einer Lauge der Kristall des Lebensglücks zusammen.

Hochherrschaftlich möblierte Zehnzimmerwohnung

Vom Möbelstil der zweiten Hälfte des neunzehnten Jahrhunderts gibt die einzig zulängliche Darstellung und Analysis zugleich eine gewisse Art von Kriminalromanen, in deren dynamischem Zentrum der Schrecken der Wohnung steht. Die Anordnung der Möbel ist zugleich der Lageplan der tödlichen Fallen und die Zimmerflucht schreibt dem Opfer die Fluchtbahn vor. Dass gerade diese Art des Kriminalromans mit Poe beginnt – zu einer Zeit also, als solche Behausungen noch kaum existierten –, besagt nichts dagegen. Denn ohne Ausnahme kombinieren die großen Dichter in einer Welt, die nach ihnen kommt, wie die Pariser Straßen von Baudelaires Gedichten erst nach neunzehnhundert und auch die Menschen Dostojewskis nicht früher da waren. Das bürgerliche Interieur der sechziger bis neunziger Jahre mit seinen riesigen, von Schnitzereien überquollenen Büfetts, den sonnenlosen Ecken, wo die Palme steht, dem Erker, den die Balustrade verschanzt und den langen Korridoren mit der singenden Gasflamme wird adäquat allein der Leiche zur Behausung. »Auf diesem Sofa kann die Tante nur ermordet werden.« Die seelenlose Üppigkeit des Mobiliars wird wahrhafter Komfort erst vor dem Leichnam. Viel interessanter als der landschaftliche Orient in den Kriminalromanen ist jener üppige Orient in ihren Interieurs: der Perserteppich und die Ottomane, die Ampel und der edle kaukasische Dolch. Hinter den schweren gerafften Kelims feiert der Hausherr seine Orgien mit den Wertpapieren, kann sich als morgenländischer Kaufherr, als fauler Pascha im Khanat des faulen Zaubers fühlen, bis jener Dolch im silbernen Gehänge überm Divan eines schönen Nachmittags seiner Siesta und ihm selber ein Ende macht. Dieser Charakter der bürgerlichen Wohnung, die nach dem namenlosen Mörder zittert, wie eine geile Greisin nach dem Galan, ist von einigen Autoren durchdrungen worden, die als »Kriminalschriftsteller« – vielleicht auch, weil in ihren Schriften sich ein Stück des bürgerlichen Pandämoniums ausprägt – um ihre gerechten Ehren gekommen sind. Conan Doyle hat, was hier getroffen werden soll, in einzelnen seiner Schriften, in einer großen Produktion hat die Schriftstellerin A. K. Green es herausgestellt und mit dem

»Phantom der Oper«, einem der großen Romane über das neunzehnte Jahrhundert, Gaston Leroux dieser Gattung zur Apotheose verholfen.

CHINAWAREN

In diesen Tagen darf sich niemand auf das versteifen, was er »kann«. In der Improvisation liegt die Stärke. Alle entscheidenden Schläge werden mit der linken Hand geführt werden.

Ein Tor befindet sich am Anfang eines langen Weges, der bergab zu dem Hause von ... leitet, die ich allabendlich besuchte. Als sie ausgezogen war, lag die Öffnung des Torbogens von nun an wie eine Ohrmuschel vor mir, die das Gehör verloren hat.

Ein Kind, im Nachthemd, ist nicht zu bewegen, einen eintretenden Besuch zu begrüßen. Die Anwesenden, vom höheren sittlichen Standpunkt aus, reden ihm, um seine Prüderie zu bezwingen, vergeblich zu. Wenige Minuten später zeigt es sich, diesmal splitternackt, dem Besucher. Es hatte sich inzwischen gewaschen.

Die Kraft der Landstraße ist eine andere, ob einer sie geht oder im Aeroplan drüber hinfliegt. So ist auch die Kraft eines Textes eine andere, ob einer ihn liest oder abschreibt. Wer fliegt, sieht nur, wie sich die Straße durch die Landschaft schiebt, ihm rollt sie nach den gleichen Gesetzen ab wie das Terrain, das herum liegt. Nur wer die Straße geht, erfährt von ihrer Herrschaft und wie aus eben jenem Gelände, das für den Flieger nur die aufgerollte Ebene ist, sie Fernen, Belvederes, Lichtungen, Prospekte mit jeder ihrer Wendungen so herauskommandiert, wie der Ruf des Befehlshabers Soldaten aus einer Front. So kommandiert allein der abgeschriebene Text die Seele dessen, der mit ihm beschäftigt ist, während der bloße Leser die neuen Ansichten seines Innern nie kennen lernt, wie der Text, jene Straße durch den immer wieder sich verdichtenden inneren Urwald, sie bahnt: weil der Leser der Bewegung seines Ich im freien Luftbereich der Träumerei gehorcht, der Abschreiber aber sie kommandieren lässt. Das chinesische Bücherkopieren war daher die unvergleichliche Bürgschaft literarischer Kultur und die Abschrift ein Schlüssel zu Chinas Rätseln.

HANDSCHUHE

Beim Ekel vor Tieren ist die beherrschende Empfindung die Angst, in der Berührung von ihnen erkannt zu werden. Was sich tief im Menschen entsetzt, ist das dunkle Bewusstsein, in ihm sei etwas am Leben, was dem ekelerregenden Tiere so wenig fremd sei, dass es von ihm erkannt werden könne. – Aller Ekel ist ursprünglich Ekel vor dem Berühren. Über dieses Gefühl setzt sogar die Bemeisterung sich nur mit sprunghafter, überschießender Geberde hinweg: das Ekelhafte wird sie heftig umschlingen, verspeisen, während die Zone der feinsten epidermalen Berührung tabu bleibt. Nur so ist dem Paradox der moralischen Forderung zu genügen, welche gleichzeitig Überwindung und subtilste Ausbildung des Ekelgefühls vom Menschen verlangt. Verleugnen darf er die bestialische Verwandtschaft mit der Kreatur nicht, auf deren Anruf sein Ekel erwidert: er muss sich zu ihrem Herrn machen.

> Je ne passe jamais devant un fétiche de bois,
> un Bouddha doré, une idole mexicaine sans
> me dire: C'est peut-être le vrai dieu.
>
> *Charles Baudelaire*

Mir träumte, als Mitglied einer forschenden Expedition in Mexiko zu sein. Nachdem wir einen hohen Urwald durchmessen hatten, gerieten wir auf ein oberirdisches Höhlensystem im Gebirge, wo aus der Zeit der ersten Missionare ein Orden sich bis jetzt gehalten hatte, dessen Brüder unter den Einheimischen das Bekehrungswerk fortsetzten. In einer unermesslichen und gotisch spitz geschlossenen Mittelgrotte fand Gottesdienst nach dem ältesten Ritus statt. Wir traten hinzu und bekamen sein Hauptstück zu sehen: gegen ein hölzernes Brustbild Gottvaters, das irgendwo an einer Höhlenwand in großer Höhe angebracht sich zeigte, wurde von einem Priester ein mexikanischer Fetisch erhoben. Da bewegte das Gotteshaupt dreimal verneinend sich von rechts nach links.

Diese Anpflanzungen sind dem Schutze des Publikums empfohlen

Was wird »gelöst«? Bleiben nicht alle Fragen des gelebten Lebens zurück wie ein Baumschlag, der uns die Aussicht verwehrte? Daran, ihn auszuroden, ihn auch nur zu lichten, denken wir kaum. Wir schreiten weiter, lassen ihn hinter uns und aus der Ferne ist er zwar übersehbar, aber undeutlich, schattenhaft und desto rätselhafter verschlungen.

Kommentar und Übersetzung verhalten sich zum Text wie Stil und Mimesis zur Natur: dasselbe Phänomen unter verschiedenen Betrachtungsweisen. Am Baum des heiligen Textes sind beide nur die ewig rauschenden Blätter, am Baume des profanen die rechtzeitig fallenden Früchte.

Wer liebt, der hängt nicht nur an »Fehlern« der Geliebten, nicht nur an Ticks und Schwächen einer Frau, ihn binden Runzeln im Gesicht und Leberflecken, vernutzte Kleider und ein schiefer Gang viel dauernder und unerbittlicher als alle Schönheit. Man hat das längst erfahren. Und warum? Wenn eine Lehre wahr ist, welche sagt, dass die Empfindung nicht im Kopfe nistet, dass wir ein Fenster, eine Wolke, einen Baum nicht im Gehirn, vielmehr an jenem Ort, wo wir sie sehen, empfinden, so sind wir auch im Blick auf die Geliebte außer uns. Hier aber qualvoll angespannt und hingerissen. Geblendet flattert die Empfindung wie ein Schwarm von Vögeln in dem Glanz der Frau. Und wie Vögel Schutz in den laubigen Verstecken des Baumes suchen, so flüchten die Empfindungen in die schattigen Runzeln, die anmutlosen Gesten und unscheinbaren Makel des geliebten Leibs, wo sie gesichert im Versteck sich ducken. Und kein Vorübergehender errät, dass gerade hier, im Mangelhaften, Tadelnswerten die pfeilgeschwinde Liebesregung des Verehrers nistet.

BAUSTELLE

Pedantisch über Herstellung von Gegenständen – Anschauungsmitteln, Spielzeug oder Büchern – die sich für Kinder eignen sollen, zu grübeln, ist töricht. Seit der Aufklärung ist das eine der muffigsten Spekulationen der Pädagogen. Ihre Vergaffung in Psychologie hindert sie zu erkennen, dass die Erde voll von den unvergleichlichsten Gegenständen kindlicher Aufmerksamkeit und Übung ist. Von den bestimmtesten. Kinder nämlich sind auf besondere Weise geneigt, jedwede Arbeitsstätte aufzusuchen, wo sichtbar die Betätigung an Dingen vor sich geht. Sie fühlen sich unwiderstehlich vom

Abfall angezogen, der beim Bauen, bei Garten- oder Hausarbeit, beim Schneidern oder Tischlern entsteht. In Abfallprodukten erkennen sie das Gesicht, das die Dingwelt gerade ihnen, ihnen allein, zukehrt. In ihnen bilden sie die Werke der Erwachsenen weniger nach, als dass sie Stoffe sehr verschiedener Art durch das, was sie im Spiel daraus verfertigen, in eine neue, sprunghafte Beziehung zueinander setzen. Kinder bilden sich damit ihre Dingwelt, eine kleine in der großen, selbst. Die Normen dieser kleinen Dingwelt müsste man im Auge haben, wenn man vorsätzlich für die Kinder schaffen will und es nicht vorzieht, eigene Tätigkeit mit alledem, was an ihr Requisit und Instrument ist, allein den Weg zu ihnen sich finden zu lassen.

MINISTERIUM DES INNERN

Je feindlicher ein Mensch zum Überkommenen steht, desto unerbittlicher wird er sein privates Leben den Normen unterordnen, die er zu Gesetzgebern eines kommenden gesellschaftlichen Zustands erheben will. Es ist, als legten sie ihm die Verpflichtung auf, sie, die noch nirgendwo verwirklicht sind, zum mindesten in seinem eigenen Lebenskreise vorzubilden. Der Mann jedoch, der sich in Einklang mit den ältesten Überlieferungen seines Standes oder seines Volkes weiß, stellt gelegentlich sein Privatleben ostentativ in Gegensatz zu den Maximen, die er im öffentlichen Leben unnachsichtlich vertritt und würdigt ohne leiseste Beklemmung des Gewissens sein eigenes Verhalten insgeheim als bündigsten Beweis unerschütterlicher Autorität der von ihm affichierten Grundsätze. So unterscheiden sich die Typen des anarcho-sozialistischen und des konservativen Politikers.

Wie der Abschiednehmende leichter geliebt wird! Weil die Flamme für den Sichentfernenden reiner brennt, genährt von dem flüchtigen Streifen Zeug, der vom Schiff oder Fenster des Zuges herüberwinkt. Entfernung dringt wie Farbstoff in den Verschwindenden und durchtränkt ihn mit sanfter Glut.

– – AUF HALBMAST

Stirbt ein sehr nahestehender Mensch uns dahin, so ist in den Entwicklungen der nächsten Monate etwas, wovon wir zu bemerken glauben, dass – so gern wir es mit ihm geteilt hätten – nur durch sein Fernsein es sich entfalten konnte. Wir grüßen ihn zuletzt in einer Sprache, die er schon nicht mehr versteht.

KAISERPANORAMA

Reise durch die deutsche Inflation

I. In dem Schatze jener Redewendungen, mit welchen die aus Dummheit und Feigheit zusammengeschweißte Lebensart des deutschen Bürgers sich alltäglich verrät, ist die von der bevorstehenden Katastrophe – indem es ja »nicht mehr so weitergehen« könne – besonders denkwürdig. Die hilflose Fixierung an die Sicherheits- und Besitzvorstellungen der vergangenen Jahrzehnte verhindert den Durchschnittsmenschen, die höchst bemerkenswerten Stabilitäten ganz neuer Art, welche der gegenwärtigen Situation zugrunde liegen, zu apperzipieren. Da die relative Stabilisierung der Vorkriegsjahre ihn begünstigte, glaubt er, jeden Zustand, der ihn depossediert, für unstabil ansehen zu müssen. Aber stabile Verhältnisse brauchen nie und nimmer angenehme Verhältnisse zu sein und schon vor dem Kriege gab es Schichten, für welche die stabilisierten Verhältnisse das stabilisierte Elend waren. Verfall ist um nichts weniger stabil, um nichts wunderbarer als Aufstieg. Nur eine Rechnung, die im Untergange die einzige ratio des gegenwärtigen Zustandes zu finden sich eingesteht, käme von dem erschlaffenden Staunen über das alltäglich sich Wiederholende dazu, die Erscheinungen des Verfalls als das schlechthin Stabile und einzig das Rettende als ein fast ans Wunderbare und Unbegreifliche grenzendes Außerordentliches zu gewärtigen. Die Volksgemeinschaften Mitteleuropas leben wie Einwohner einer rings umzingelten Stadt, denen Lebensmittel und Pulver ausgehen und für die Rettung menschlichem Ermessen nach kaum zu erwarten. Ein Fall, in dem Übergabe, vielleicht auf Gnade oder Ungnade, aufs ernsthafteste erwogen werden müsste. Aber die stumme, unsichtbare Macht, welcher Mitteleuropa sich gegenüber fühlt, verhandelt nicht. So bleibt nichts, als in der immerwährenden Erwartung des letzten Sturmangriffs auf nichts, als das Außerordentliche, das allein noch retten kann, die Blicke zu richten. Dieser geforderte Zustand angespanntester klagloser Aufmerksamkeit aber könnte, da wir in einem geheimnisvollen Kontakt mit den uns belagernden Gewalten stehen, das Wunder wirklich herbeiführen. Dahingegen wird die Erwartung, dass es nicht mehr so weitergehen könne, eines Tages sich darüber belehrt finden, dass es für das Leiden des einzelnen wie der Gemeinschaften nur eine Grenze, über die hinaus es nicht mehr weiter geht, gibt: die Vernichtung.

II. Eine sonderbare Paradoxie: die Leute haben nur das engherzigste Privatinteresse im Sinne, wenn sie handeln, zugleich aber werden sie in ihrem Verhalten mehr als jemals bestimmt durch die Instinkte der Masse. Und mehr als jemals sind die Masseninstinkte irr und dem Leben fremd geworden. Wo der dunkle Trieb des Tieres – wie zahllose Anekdoten erzählen – aus der nahenden Gefahr, die noch unsichtbar scheint, den

Ausgang findet, da verfällt diese Gesellschaft, deren jeder sein eigenes niederes Wohl allein im Auge hat, mit tierischer Dumpfheit aber ohne das dumpfe Wissen der Tiere, als eine blinde Masse jeder, auch der nächstliegenden Gefahr und die Verschiedenheit individueller Ziele wird belanglos vor der Identität der bestimmenden Kräfte. Wieder und wieder hat es sich gezeigt, dass ihr Hangen am gewohnten, nun längst schon verlorenen Leben so starr ist, dass es die eigentlich menschliche Anwendung des Intellekts, Voraussicht, selbst in der drastischen Gefahr vereitelt. So dass in ihr das Bild der Dummheit sich vollendet: Unsicherheit, ja Perversion der lebenswichtigen Instinkte und Ohnmacht, ja Verfall des Intellekts. Dieses ist die Verfassung der Gesamtheit deutscher Bürger.

III. Alle näheren menschlichen Beziehungen werden von einer fast unerträglichen durchdringenden Klarheit getroffen, in der sie kaum standzuhalten vermögen. Denn indem einerseits das Geld auf verheerende Weise im Mittelpunkt aller Lebensinteressen steht, andererseits gerade dieses die Schranke ist, vor der fast alle menschliche Beziehung versagt, so verschwindet wie im Natürlichen so im Sittlichen mehr und mehr das unreflektierte Vertrauen, Ruhe und Gesundheit.

IV. Nicht umsonst pflegt man vom »nackten« Elend zu sprechen. Was in seiner Schaustellung, welche Sitte zu werden begann unter dem Gesetz der Not und doch ein Tausendstel nur vom Verborgenen sichtbar macht, das Unheilvollste ist, das ist nicht das Mitleid oder das gleich furchtbare Bewusstsein eigener Unberührtheit, das im Betrachter geweckt wird, sondern dessen Scham. Unmöglich, in einer deutschen Großstadt zu leben, in welcher der Hunger die Elendsten zwingt, von den Scheinen zu leben, mit denen die Vorübergehenden eine Blöße zu decken suchen, die sie verwundet.

V. »Armut schändet nicht.« Ganz wohl. Doch sie schänden den Armen. Sie tun's und sie trösten ihn mit dem Sprüchlein. Es ist von denen, die man einst konnte gelten lassen, deren Verfalltag nun längst gekommen. Nicht anders wie jenes brutale »Wer nicht arbeitet, der soll auch nicht essen«. Als es Arbeit gab, die ihren Mann nährte, gab es auch Armut, die ihn nicht schändete, wenn sie aus Misswachs und anderem Geschick ihn traf. Wohl aber schändet dies Darben, in das Millionen hineingeboren, Hunderttausende verstrickt werden, die verarmen. Schmutz und Elend wachsen wie Mauern als Werk von unsichtbaren Händen um sie hoch. Und wie der einzelne viel ertragen kann für sich, gerechte Scham aber fühlt, wenn sein Weib es ihn tragen sieht und selber duldet, so darf der einzelne viel dulden, solang er allein, und alles, solang er's verbirgt. Aber nie darf einer seinen Frieden mit Armut schließen, wenn sie wie ein riesiger Schatten über sein Volk und sein Haus fällt. Dann soll er seine Sinne wachhalten für jede Demütigung, die ihnen zuteil wird und so lange sie in Zucht nehmen, bis sein Leiden nicht mehr die abschüssige Straße des Grams, sondern den aufsteigenden Pfad der Revolte gebahnt hat. Aber hier ist nichts zu hoffen, solange jedes furchtbarste, jedes dunkelste Schicksal täglich, ja stündlich diskutiert durch die Presse, in allen Scheinursachen und Scheinfolgen dargelegt, niemandem zur Erkenntnis der dunklen Gewalten verhilft, denen sein Leben hörig geworden ist.

VI. Dem Ausländer, welcher die Gestaltung des deutschen Lebens obenhin verfolgt, der gar das Land kurze Zeit bereist hat, erscheinen seine Bewohner nicht minder fremdartig als ein exotischer Volksschlag. Ein geistreicher Franzose hat gesagt: »In den seltensten Fällen wird sich ein Deutscher über sich selbst klar sein. Wird er sich einmal klar sein, so wird er es nicht sagen. Wird er es sagen, so wird er sich nicht verständlich machen.« Diese trostlose Distanz hat der Krieg nicht etwa nur durch die wirklichen und legendären Schandtaten, die man von Deutschen berichtete, erweitert. Was vielmehr die groteske Isolierung Deutschlands in den Augen anderer Europäer erst vollendet, was in ihnen im Grunde die Einstellung schafft, sie hätten es mit Hottentotten in den Deutschen zu tun (wie man dies sehr richtig genannt hat), das ist die Außenstehenden ganz unbegreifliche und den Gefangenen völlig unbewusste Gewalt, mit welcher die Lebensumstände, das Elend und die Dummheit auf diesem Schauplatz die Menschen den Gemeinschaftskräften Untertan machen, wie nur das Leben irgendeines Primitiven von den Clangesetzlichkeiten bestimmt wird. Das europäischste aller Güter, jene mehr oder minder deutliche Ironie, mit der das Leben des einzelnen disparat dem Dasein jeder Gemeinschaft zu verlaufen beansprucht, in die er verschlagen ist, ist den Deutschen gänzlich abhanden gekommen.

VII. Die Freiheit des Gespräches geht verloren. Wenn früher unter Menschen im Gespräch Eingehen auf den Partner sich von selbst verstand, wird es nun durch die Frage nach dem Preise seiner Schuhe oder seines Regenschirmes ersetzt. Unabwendbar drängt sich in jede gesellige Unterhaltung das Thema der Lebensverhältnisse, des Geldes. Dabei geht es nicht sowohl um Sorgen und Leiden der einzelnen, in welchen sie vielleicht einander zu helfen vermöchten, als um die Betrachtung des Ganzen. Es ist, als sei man in einem Theater gefangen und müsse dem Stück auf der Bühne folgen, ob man wolle oder nicht, müsse es immer wieder, ob man wolle oder nicht, zum Gegenstand des Denkens und Sprechens machen.

VIII. Wer sich der Wahrnehmung des Verfalls nicht entzieht, der wird unverweilt dazu übergehen, eine besondere Rechtfertigung für sein Verweilen, seine Tätigkeit und seine Beteiligung an diesem Chaos in Anspruch zu nehmen. So viele Einsichten ins allgemeine Versagen, so viele Ausnahmen für den eigenen Wirkungskreis, Wohnort und Augenblick. Der blinde

Wille, von der persönlichen Existenz eher das Prestige zu retten, als durch die souveräne Abschätzung ihrer Ohnmacht und ihrer Verstricktheit wenigstens vom Hintergrunde der allgemeinen Verblendung sie zu lösen, setzt sich fast überall durch. Darum ist die Luft so voll von Lebenstheorien und Weltanschauungen, und darum wirken sie hierzulande so anmaßend, weil sie am Ende fast stets der Sanktion irgendeiner ganz nichtssagenden Privatsituation gelten. Eben darum ist sie auch so voll von Trugbildern, Luftspiegelungen einer trotz allem über Nacht blühend hereinbrechenden kulturellen Zukunft, weil jeder auf die optischen Täuschungen seines isolierten Standpunktes sich verpflichtet.

IX. Die Menschen, die im Umkreise dieses Landes eingepfercht sind, haben den Blick für den Kontur der menschlichen Person verloren. Jeder Freie erscheint vor ihnen als Sonderling. Man stelle sich die Bergketten der Hochalpen vor, jedoch nicht gegen den Himmel abgesetzt, sondern gegen die Falten eines dunklen Tuches. Nur undeutlich würden die gewaltigen Formen sich abzeichnen. Ganz so hat ein schwerer Vorhang Deutschlands Himmel verhängt und wir sehen die Profilierung selbst der größten Menschen nicht mehr.

X. Aus den Dingen schwindet die Wärme. Die Gegenstände des täglichen Gebrauchs stoßen den Menschen sacht aber beharrlich von sich ab. In summa hat er tagtäglich mit der Überwindung der geheimen Widerstände – und nicht etwa nur der offenen –, die sie ihm entgegensetzen, eine ungeheure Arbeit zu leisten. Ihre Kälte muss er mit der eigenen Wärme ausgleichen, um nicht an ihnen zu erstarren und ihre Stacheln mit unendlicher Geschicklichkeit anfassen, um nicht an ihnen zu verbluten. Von seinen Nebenmenschen erwarte er keine Hilfe. Schaffner, Beamte, Handwerker und Verkäufer – sie alle fühlen sich als Vertreter einer aufsässigen Materie, deren Gefährlichkeit sie durch die eigene Roheit ins Licht zu setzen bestrebt sind. Und der Entartung der Dinge, mit welcher sie, dem menschlichen Verfalle folgend, ihn züchtigen, ist selbst das Land verschworen. Es zehrt am Menschen wie die Dinge, und der ewig ausbleibende deutsche Frühling ist nur eine unter zahllosen verwandten Erscheinungen der sich zersetzenden deutschen Natur. In ihr lebt man, als sei der Druck der Luftsäule, dessen Gewicht jeder trägt, wider alles Gesetz in diesen Landstrichen plötzlich fühlbar geworden.

XI. Der Entfaltung jeder menschlichen Bewegung, mag sie geistigen oder selbst natürlichen Impulsen entspringen, ist der maßlose Widerstand der Umwelt angesagt. Wohnungsnot und Verkehrsteuerung sind am Werke, das elementare Sinnbild europäischer Freiheit, das in gewissen Formen selbst dem Mittelalter gegeben war, die Freizügigkeit, vollkommen zu vernichten. Und wenn der mittelalterliche Zwang den Menschen an natürliche Verbände fesselte, so ist er nun in unnatürliche Gemeinsamkeit verkettet. Weniges wird die verhängnisvolle Gewalt des umsichgreifenden Wandertriebes so stärken, wie die Abschnürung der Freizügigkeit, und niemals hat die Bewegungsfreiheit zum Reichtum der Bewegungsmittel in einem größeren Missverhältnis gestanden.

XII. Wie alle Dinge in einem unaufhaltsamen Prozess der Vermischung und Verunreinigung um ihren Wesensausdruck kommen und sich Zweideutiges an die Stelle des Eigentlichen setzt, so auch die Stadt. Große Städte, deren unvergleichlich beruhigende und bestätigende Macht den Schaffenden in einen Burgfrieden schließt und mit dem Anblick des Horizonts auch das Bewusstsein der immer wachenden Elementarkräfte von ihm zu nehmen vermag, zeigen sich allerorten durchbrochen vom eindringenden Land. Nicht von der Landschaft, sondern von dem, was die freie Natur Bitterstes hat, vom Ackerboden, von Chausseen, vom Nachthimmel, den keine rot vibrierende Schicht mehr verhüllt. Die Unsicherheit selbst der belebten

Gegenden versetzt den Städter vollends in jene undurchsichtige und im höchsten Grade grauenvolle Situation, in der er unter den Unbilden des vereinsamten Flachlandes die Ausgeburten der städtischen Architektonik in sich aufnehmen muss.

XIII. Eine edle Indifferenz gegen die Sphären des Reichtums und der Armut ist den Dingen, die hergestellt werden, völlig abhanden gekommen. Ein jedes stempelt seinen Besitzer ab, der nur die Wahl hat, als armer Schlucker oder Schieber zu erscheinen. Denn während selbst der wahre Luxus von der Art ist, dass Geist und Geselligkeit ihn zu durchdringen und in Vergessenheit zu bringen vermögen, trägt, was hier von Luxuswaren sich breit macht, eine so schamlose Massivität zur Schau, dass jede geistige Ausstrahlung daran zerbricht.

XIV. Aus den ältesten Gebräuchen der Völker scheint es wie eine Warnung an uns zu ergehen, im Entgegennehmen dessen, was wir von der Natur so reich empfangen, uns vor der Geste der Habgier zu hüten. Denn wir vermögen nichts der Muttererde aus Eigenem zu schenken. Daher gebührt es sich, Ehrfurcht im Nehmen zu zeigen, indem von allem, was wir je und je empfangen, wir einen Teil an sie zurückerstatten, noch ehe wir des Unseren uns bemächtigen. Diese Ehrfurcht spricht aus dem alten Brauch der libatio. Ja vielleicht ist es diese uralte sittliche Erfahrung, welche selbst in dem Verbot, die vergessenen Ähren einzusammeln und abgefallene Trauben aufzulesen, sich verwandelt erhielt, indem diese der Erde oder den segenspendenden Ahnen zugute kommen. Nach athenischem Brauch war das Auflesen der Brosamen bei der Mahlzeit untersagt, weil sie den Heroen gehören. – Ist einmal die Gesellschaft unter Not und Gier soweit entartet, dass sie die Gaben der Natur nur noch raubend empfangen kann, dass sie die Früchte, um sie günstig auf den Markt zu bringen, unreif abreißt und jede Schüssel, um nur satt zu werden, leeren muss, so wird ihre Erde verarmen und das Land schlechte Ernten bringen.

Im Traum sah ich ein ödes Gelände. Das war der Marktplatz von Weimar. Dort wurden Ausgrabungen veranstaltet. Auch ich scharrte ein bisschen im Sande. Da kam die Spitze eines Kirchturms hervor. Hoch erfreut dachte ich mir: ein mexikanisches Heiligtum aus der Zeit des Präanimismus, dem Anaquivitzli. Ich erwachte mit Lachen. (Ana = ἀνά; vi = vie; witz = mexikanische Kirche [!])

COIFFEUR FÜR PENIBLE DAMEN

Dreitausend Damen und Herren vom Kurfürstendamm sind eines Morgens wortlos aus den Betten zu verhaften und vierundzwanzig Stunden festzusetzen. Um Mitternacht verteilt man in den Zellen einen Fragebogen über die Todesstrafe, ersucht auch dessen Unterzeichner, anzugeben, welche Hinrichtungsart sie persönlich im gegebenen Falle zu wählen dächten. Dies Schriftstück hätten in Klausur »nach bestem Wissen« die auszufüllen, die bisher nur ungefragt sich »nach bestem Gewissen« zu äußern pflegten. Noch vor der ersten Frühe, die von alters heilig, hierzulande aber dem Henker geweiht ist, wäre die Frage der Todesstrafe geklärt.

ACHTUNG STUFEN!

Arbeit an einer guten Prosa hat drei Stufen: eine musikalische, auf der sie komponiert, eine architektonische, auf der sie gebaut, endlich eine textile, auf der sie gewoben wird.

Die Zeit steht, wie in Kontrapost zur Renaissance schlechthin, so insbesondere im Gegensatz zur Situation, in der die Buchdruckerkunst erfunden wurde. Mag es nämlich ein Zufall sein oder nicht, ihr Erscheinen in Deutschland fällt in die Zeit, da das Buch im eminenten Sinne des Wortes, das Buch der Bücher durch Luthers Bibelübersetzung Volksgut wurde. Nun deutet alles darauf hin, dass das Buch in dieser überkommenen Gestalt seinem Ende entgegengeht. Mallarmé, wie er mitten in der kristallinischen Konstruktion seines gewiss traditionalistischen Schrifttums das Wahrbild des Kommenden sah, hat zum ersten Male im »Coup de dés« die graphischen Spannungen der Reklame ins Schriftbild verarbeitet. Was danach von Dadaisten an Schriftversuchen unternommen wurde, ging zwar nicht vom Konstruktiven, sondern den exakt reagierenden Nerven der Literaten aus und war darum weit weniger bestandhaft als Mallarmés Versuch, der aus dem Innern seines Stils erwuchs. Aber es lässt eben dadurch die Aktualität dessen erkennen, was monadisch, in seiner verschlossensten Kammer, Mallarmé in prästabilierter Harmonie mit allem dem entscheidenden Geschehen dieser Tage in Wirtschaft, Technik, öffentlichem Leben auffand. Die Schrift, die im gedruckten Buche ein Asyl gefunden hatte, wo sie ihr autonomes Dasein führte, wird unerbittlich von Reklamen auf die Straße hinausgezerrt und den brutalen Heteronomien des wirtschaftlichen Chaos unterstellt. Das ist der strenge Schulgang ihrer neuen Form. Wenn vor Jahrhunderten sie allmählich sich niederzulegen begann, von der aufrechten Inschrift zur schräg auf Pulten ruhenden Handschrift ward, um endlich sich im Buchdruck zu betten, beginnt sie nun ebenso langsam sich wieder vom Boden zu heben. Bereits die Zeitung wird mehr in der Senkrechten als in der Horizontale gelesen, Film und Reklame drängen die Schrift vollends in die diktatorische Vertikale. Und ehe der Zeitgenosse dazu kommt, ein Buch aufzuschlagen, ist über seine Augen ein so dichtes Gestöber von wandelbaren, farbigen, streitenden Lettern niedergegangen, dass die Chancen seines Eindringens in die archaische Stille des Buches gering geworden sind. Heuschreckenschwärme von Schrift, die heute schon die Sonne des vermeinten Geistes den Großstädtern verfinstern, werden dichter mit jedem folgenden Jahre werden. Andere Erfordernisse des Geschäftslebens führen weiter. Die Kartothek bringt die Eroberung der dreidimensionalen Schrift, also einen überraschenden Kontrapunkt zur Dreidimensionalität der Schrift in ihrem Ursprung als Rune oder Knotenschrift. (Und heute schon ist das Buch, wie die aktuelle wissenschaftliche Produktionsweise lehrt, eine veraltete Vermittlung zwischen zwei verschiedenen Kartothekssystemen. Denn alles Wesentliche findet sich im Zettelkasten des Forschers, der's verfasste, und der Gelehrte, der darin studiert, assimiliert es seiner eigenen Kartothek.) Aber es ist ganz außer Zweifel, dass die Entwicklung der Schrift nicht ins Unabsehbare an die Machtansprüche eines chaotischen Betriebes in Wissenschaft und Wirtschaft gebunden bleibt, vielmehr der Augenblick kommt, da Quantität in Qualität umschlägt und die Schrift, die immer tiefer in das graphische Bereich ihrer neuen exzentrischen Bildlichkeit vorstößt, mit einem Male ihrer adäquaten Sachgehalte habhaft wird. An dieser Bilderschrift werden Poeten, die dann wie in Urzeiten vorerst und vor allem Schriftkundige sein werden, nur mitarbeiten können, wenn sie sich die Gebiete erschließen, in denen (ohne viel Aufhebens von sich zu machen) deren Konstruktion sich vollzieht: die des statistischen und technischen Diagramms. Mit der Begründung einer internationalen Wandelschrift werden sie ihre Autorität im Leben der Völker erneuern und eine Rolle vorfinden, im Vergleich zu der alle Aspirationen auf Erneuerung der Rhetorik sich als altfränkische Träumereien erweisen werden.

Prinzipien der Wälzer oder Die Kunst, dicke Bücher zu machen

I. Die ganze Ausführung muss von der dauernden wortreichen Darlegung der Disposition durchwachsen sein.

II. Termini für Begriffe sind einzuführen, die außer bei dieser Definition selbst im ganzen Buch nicht mehr vorkommen.

III. Die im Text mühselig gewonnenen begrifflichen Distinktionen sind in den Anmerkungen zu den betreffenden Stellen wieder zu verwischen.

IV. Für Begriffe, über die nur in ihrer allgemeinen Bedeutung gehandelt wird, sind Beispiele zu geben: wo etwa von Maschinen die Rede ist, sind alle Arten derselben aufzuzählen.

V. Alles, was a priori von einem Objekt feststeht, ist durch eine Fülle von Beispielen zu erhärten.

VI. Zusammenhänge, die graphisch darstellbar sind, müssen in Worten ausgeführt werden. Statt etwa einen Stammbaum zu zeichnen, sind alle Verwandtschaftsverhältnisse abzuschildern und zu beschreiben.

VII. Von mehreren Gegnern, denen dieselbe Argumentation gemeinsam ist, ist jeder einzeln zu widerlegen.

Das Durchschnittswerk des heutigen Gelehrten will wie ein Katalog gelesen sein. Wann aber wird man soweit sein, Bücher wie Kataloge zu schreiben? Ist das schlechte Innere dergestalt in das Äußere gedrungen, so entsteht ein vortreffliches Schriftwerk, in dem der Wert der Meinungen beziffert ist, ohne dass sie deswegen feilgeboten würden.

Die Schreibmaschine wird dem Federhalter die Hand des Literaten erst dann entfremden, wenn die Genauigkeit typographischer Formungen unmittelbar in die Konzeption seiner Bücher eingeht. Vermutlich wird man dann neue Systeme mit variablerer Schriftgestaltung benötigen. Sie werden die Innervation der befehlenden Finger an die Stelle der geläufigen Hand setzen.

Eine Periode, die, metrisch konzipiert, nachträglich an einer einzigen Stelle im Rhythmus gestört wird, macht den schönsten Prosasatz, der sich denken lässt. So fällt durch eine kleine Bresche in der Mauer ein Lichtstrahl in die Stube des Alchimisten und lässt Kristalle, Kugeln und Triangel aufblitzen.

DEUTSCHE TRINKT DEUTSCHES BIER!

Der Pöbel ist von dem frenetischen Hass gegen das geistige Leben besessen, der die Gewähr für dessen Vernichtung in der Abzählung der Leiber erkannt hat. Wo man's ihnen irgend verstattet, stellen sie sich in Reih und Glied, ins Trommelfeuer und zur Warenhausse drängen sie marschmäßig. Keiner sieht weiter als in den Rücken des Vordermanns und jeder ist stolz, dergestalt vorbildlich für den Folgenden zu heißen. Das haben im Felde die Männer seit Jahrhunderten herausgehabt, aber den Parademarsch des Elends, das Anstellen, haben die Weiber erfunden.

ANKLEBEN VERBOTEN!

Die Technik des Schriftstellers in dreizehn Thesen

I. Wer an die Niederschrift eines größeren Werks zu gehen beabsichtigt, lasse sich's wohl sein und gewähre sich nach erledigtem Pensum alles, was die Fortführung nicht beeinträchtigt.
II. Sprich vom Geleisteten, wenn du willst, jedoch lies während des Verlaufes der Arbeit nicht daraus vor. Jede Genug-

tuung, die du dir hierdurch verschaffst, hemmt dein Tempo. Bei der Befolgung dieses Regimes wird der zunehmende Wunsch nach Mitteilung zuletzt ein Motor der Vollendung.

III. In den Arbeitsumständen suche dem Mittelmaß des Alltags zu entgehen. Halbe Ruhe, von schalen Geräuschen begleitet, entwürdigt. Dagegen vermag die Begleitung einer Etude oder von Stimmengewirr der Arbeit ebenso bedeutsam zu werden, wie die vernehmliche Stille der Nacht. Schärft diese das innere Ohr, so wird jene zum Prüfstein einer Diktion, deren Fülle selbst die exzentrischen Geräusche in sich begräbt.

IV. Meide beliebiges Handwerkszeug. Pedantisches Beharren bei gewissen Papieren, Federn, Tinten ist von Nutzen. Nicht Luxus, aber Fülle dieser Utensilien ist unerlässlich.

V. Lass dir keinen Gedanken inkognito passieren und führe dein Notizheft so streng wie die Behörde das Fremdenregister.

VI. Mache deine Feder spröde gegen die Eingebung, und sie wird mit der Kraft des Magneten sie an sich ziehen. Je besonnener du mit der Niederschrift eines Einfalls verziehst, desto reifer entfaltet wird er sich dir ausliefern. Die Rede erobert den Gedanken, aber die Schrift beherrscht ihn.

VII. Höre niemals mit Schreiben auf, weil dir nichts mehr einfällt. Es ist ein Gebot der literarischen Ehre, nur dann abzubrechen, wenn ein Termin (eine Mahlzeit, eine Verabredung) einzuhalten oder das Werk beendet ist.

VIII. Das Aussetzen der Eingebung fülle aus mit der sauberen Abschrift des Geleisteten. Die Intuition wird darüber erwachen.

IX. Nulla dies sine linea – wohl aber Wochen.

X. Betrachte niemals ein Werk als vollkommen, über dem du nicht einmal vom Abend bis zum hellen Tage gesessen hast.

XI. Den Abschluss des Werkes schreibe nicht im gewohnten Arbeitsraume nieder. Du würdest den Mut dazu in ihm nicht finden.

XII. Stufen der Abfassung: Gedanke – Stil – Schrift. Es ist der Sinn der Reinschrift, dass in ihrer Fixierung die Aufmerksamkeit nur mehr der Kalligraphie gilt. Der Gedanke tötet die Eingebung, der Stil fesselt den Gedanken, die Schrift entlohnt den Stil.

XIII. Das Werk ist die Totenmaske der Konzeption.

Dreizehn Thesen wider Snobisten

(Snob im Privatkontor der Kunstkritik. Links eine Kinderzeichnung, rechts ein Fetisch. Snob: »Da kann der ganze Picasso einpacken.«)

I. Der Künstler macht ein Werk.	Der Primitive äußert sich in Dokumenten.
II. Das Kunstwerk ist nur nebenbei ein Dokument.	Kein Dokument ist als ein solches Kunstwerk.
III. Das Kunstwerk ist ein Meisterstück.	Das Dokument dient als Lehrstück.
IV. Am Kunstwerk lernen Künstler das Metier.	Vor Dokumenten wird ein Publikum erzogen.
V. Kunstwerke stehen eins dem andern fern durch Vollendung.	Im Stofflichen kommunizieren alle Dokumente.
VI. Inhalt und Form sind im Kunstwerk eins: Gehalt.	In Dokumenten herrscht durchaus der Stoff.
VII. Gehalt ist das Erprobte.	Stoff ist das Geträumte.
VIII. Im Kunstwerk ist der Stoff ein Ballast, den die Betrachtung abwirft.	Je tiefer man sich in ein Dokument verliert, desto dichter: Stoff.
IX. Im Kunstwerk ist das Formgesetz zentral.	Ins Dokument sind Formen nur versprengt.

X. Das Kunstwerk ist synthetisch: Kraftzentrale.	Die Fruchtbarkeit des Dokuments will: Analyse.
XI. Im wiederholten Anblick steigert sich ein Kunstwerk.	Ein Dokument bewältigt nur durch Überraschung.
XII. Die Männlichkeit der Werke ist im Angriff.	Dem Dokument ist seine Unschuld eine Deckung.
XIII. Der Künstler geht auf die Eroberung von Gehalten.	Der primitive Mensch verschanzt sich hinter Stoffen.

Die Technik des Kritikers in dreizehn Thesen

I. Der Kritiker ist Stratege im Literaturkampf.

II. Wer nicht Partei ergreifen kann, der hat zu schweigen.

III. Der Kritiker hat mit dem Deuter von vergangenen Kunstepochen nichts zu tun.

IV. Kritik muss in der Sprache der Artisten reden. Denn die Begriffe des cénacle sind Parolen. Und nur in den Parolen tönt das Kampfgeschrei.

V. Immer muss ›Sachlichkeit‹ dem Parteigeist geopfert werden, wenn die Sache es wert ist, um welche der Kampf geht.

VI. Kritik ist eine moralische Sache. Wenn Goethe Hölderlin und Kleist, Beethoven und Jean Paul verkannte, so trifft das nicht sein Kunstverständnis, sondern seine Moral.

VII. Für den Kritiker sind seine Kollegen die höhere Instanz. Nicht das Publikum. Erst recht nicht die Nachwelt.

VIII. Die Nachwelt vergisst oder rühmt. Nur der Kritiker richtet im Angesicht des Autors.

IX. Polemik heißt, ein Buch in wenigen seiner Sätze vernichten. Je weniger man es studierte, desto besser. Nur wer vernichten kann, kann kritisieren.

X. Echte Polemik nimmt ein Buch sich so liebevoll vor, wie ein Kannibale sich einen Säugling zurüstet.

XI. Kunstbegeisterung ist dem Kritiker fremd. Das Kunstwerk ist in seiner Hand die blanke Waffe in dem Kampfe der Geister.

XII. Die Kunst des Kritikers in nuce: Schlagworte prägen, ohne die Ideen zu verraten. Schlagworte einer unzulänglichen Kritik verschachern den Gedanken an die Mode.

XIII. Das Publikum muss stets Unrecht erhalten und sich doch immer durch den Kritiker vertreten fühlen.

NR. 13

> Treize – j'eus un plaisir cruel de m'arrêter sur ce nombre.
>
> *Marcel Proust*

> Le reploiement vierge du livre, encore, prête à un sacrifice dont saigna la tranche rouge des anciens tomes; l'introduction d'une arme, ou coupe-papier, pour établir la prise de possession.
>
> *Stéphane Mallarmé*

I. Bücher und Dirnen kann man ins Bett nehmen.

II. Bücher und Dirnen verschränken die Zeit. Sie beherrschen die Nacht wie den Tag und den Tag wie die Nacht.

III. Büchern und Dirnen sieht es keiner an, dass die Minuten ihnen kostbar sind. Lässt man sich aber näher mit ihnen ein, so merkt man erst, wie eilig sie es haben. Sie zählen mit, indem wir uns in sie vertiefen.

IV. Bücher und Dirnen haben seit jeher eine unglückliche Liebe zueinander.

V. Bücher und Dirnen – sie haben jedes ihre Sorte Männer, die von ihnen leben und sie drangsalieren. Bücher die Kritiker.

VI. Bücher und Dirnen in öffentlichen Häusern – für Studenten.

VII. Bücher und Dirnen – selten sieht einer ihr Ende, der sie besaß. Sie pflegen zu verschwinden, bevor sie vergehen.

VIII. Bücher und Dirnen erzählen so gern und so verlogen, wie sie es geworden sind. In Wahrheit merken sie's oft selber nicht. Da geht man jahrelang ›aus Liebe‹ allem nach und eines Tages steht als wohlbeleibtes Korpus auf dem Strich, was ›studienhalber‹ immer nur darüber schwebte.

IX. Bücher und Dirnen lieben es, den Rücken zu wenden, wenn sie sich ausstellen.

X. Bücher und Dirnen machen viel junge.

XI. Bücher und Dirnen – »Alte Betschwester – junge Hure«. Wieviele Bücher waren nicht verrufen, aus denen heut die Jugend lernen soll!

XII. Bücher und Dirnen tragen ihren Zank vor die Leute.

XIII. Bücher und Dirnen – Fußnoten sind bei den einen, was bei den andern Geldscheine im Strumpf.

WAFFEN UND MUNITION

Ich war in Riga, um eine Freundin zu besuchen, angekommen. Ihr Haus, die Stadt, die Sprache waren mir unbekannt. Kein Mensch erwartete mich, es kannte mich niemand. Ich ging zwei Stunden einsam durch die Straßen. So habe ich sie nie wiedergesehen. Aus jedem Haustor schlug eine Stichflamme, jeder Eckstein stob Funken und jede Tram kam wie die Feuerwehr dahergefahren. Sie konnte ja aus dem Tore treten, um die Ecke biegen und in der Tram sitzen. Von beiden aber musste ich, um jeden Preis, der erste werden, der den andern sieht. Denn hatte sie die Lunte ihres Blicks an mich gelegt – ich hätte wie ein Munitionslager auffliegen müssen.

ERSTE HILFE

Ein höchst verworrenes Quartier, ein Straßennetz, das jahrelang von mir gemieden wurde, ward mir mit einem Schlage übersichtlich, als eines Tages ein geliebter Mensch dort einzog. Es war, als sei in seinem Fenster ein Scheinwerfer aufgestellt und zerlege die Gegend mit Lichtbüscheln.

INNENARCHITEKTUR

Der Traktat ist eine arabische Form. Sein Äußeres ist unabgesetzt und unauffällig, der Fassade arabischer Bauten entsprechend, deren Gliederung erst im Hofe anhebt. So ist auch die gegliederte Struktur des Traktats von außen nicht wahrnehmbar, sondern eröffnet sich nur von innen. Wenn Kapitel ihn bilden, so sind sie nicht verbal überschrieben, sondern ziffernmäßig bezeichnet. Die Fläche seiner Deliberationen ist nicht malerisch belebt, vielmehr mit den Netzen des Ornaments, das sich bruchlos fortschlingt, bedeckt. In der ornamentalen Dichtigkeit dieser Darstellung entfällt der Unterschied von thematischen und exkursiven Ausführungen.

PAPIER- UND SCHREIBWAREN

PHARUS-PLAN. Ich kenne eine, die geistesabwesend ist. Wo mir die Namen meiner Lieferanten, der Aufbewahrungsort von Dokumenten, Adressen meiner Freunde und Bekannten, die Stunde eines Rendezvous geläufig sind, da haben ihr politische Begriffe, Schlagworte der Partei, Bekenntnisformeln und Befehle sich festgesetzt. Sie lebt in einer Stadt der Parolen und wohnt in einem Quartier verschworener und verbrüderter Vokabeln, wo jedes Gässchen Farbe bekennt und jedes Wort ein Feldgeschrei zum Echo hat.

WUNSCHBOGEN. »Tut ein Schilf sich doch hervor – Welten zu versüßen – Möge meinem Schreiberohr – Liebliches entfließen!« – das folgt der »Seligen Sehnsucht« wie eine Perle, die der geöffneten Muschelschale entrollt ist.

TASCHENKALENDER. Für den nordischen Menschen ist weniges so bezeichnend als dies, dass, wenn er liebt, er vor allem einmal und um jeden Preis mit sich selber allein sein muss, sein Gefühl vorerst selbst betrachten, genießen muss, ehe er zu der Frau geht und es erklärt.

BRIEFBESCHWERER. Place de la Concorde: Obelisk. Was vor viertausend Jahren darein ist gegraben worden, steht heut im Mittelpunkt des größten aller Plätze. Wäre das ihm geweissagt worden – welcher Triumph für den Pharao! Das erste abendländische Kulturreich wird einmal in seiner Mitte den Gedenkstein seiner Herrschaft tragen. Wie sieht in Wahrheit diese Glorie aus? Nicht einer von Zehntausenden, die hier vorübergehen, hält inne; nicht einer von Zehntausenden, die innehalten, kann die Aufschrift lesen. So löst ein jeder Ruhm Versprochenes ein, und kein Orakel gleicht ihm an Verschlagenheit. Denn der Unsterbliche steht da wie dieser Obelisk: er regelt einen geistigen Verkehr, der ihn umtost, und keinem ist die Inschrift, die darein gegraben ist, von Nutzen.

GALANTERIEWAREN

Unvergleichliche Sprache des Totenkopfes: völlige Ausdruckslosigkeit – das Schwarz seiner Augenhöhlen – vereint er mit wildestem Ausdruck – den grinsenden Zahnreihen.

Einer, der sich verlassen glaubt, liest und es schmerzt ihn, dass die Seite, die er umschlagen will, schon aufgeschnitten ist, dass nicht einmal sie mehr ihn braucht.

Gaben müssen den Beschenkten so tief betreffen, dass er erschrickt.

Als ein geschätzter, kultivierter und eleganter Freund mir sein neues Buch übersandte, überraschte ich mich dabei, wie ich, im Begriff es zu öffnen, meine Krawatte zurecht rückte.

Wer die Umgangsformen beachtet, aber die Lüge verwirft, gleicht einem, der sich zwar modisch kleidet, aber kein Hemd auf dem Leibe trägt.

Wenn der Zigarettenrauch in der Spitze und die Tinte im Füllhalter gleich leichten Zug hätten, dann wäre ich im Arkadien meiner Schriftstellerei.

Glücklich sein heißt ohne Schrecken seiner selbst innewerden können.

Vergrösserungen

Lesendes Kind. Aus der Schülerbibliothek bekommt man ein Buch. In den unteren Klassen wird ausgeteilt. Nur hin und wieder wagt man einen Wunsch. Oft sieht man neidisch ersehnte Bücher in andere Hände gelangen. Endlich bekam man das seine. Für eine Woche war man gänzlich dem Treiben des Textes anheimgegeben, das mild und heimlich, dicht und unablässig, wie Schneeflocken einen umfing. Dahinein trat man mit grenzenlosem Vertrauen. Stille des Buches, die weiter und weiter lockte! Dessen Inhalt war gar nicht so wichtig. Denn die Lektüre fiel noch in die Zeit, da man selber Geschichten im Bett sich ausdachte. Ihren halbverwehten Wegen spürt das Kind nach. Beim Lesen hält es sich die Ohren zu; sein Buch liegt auf dem viel zu hohen Tisch und eine Hand liegt immer auf dem Blatt. Ihm sind die Abenteuer des Helden noch im

Wirbel der Lettern zu lesen wie Figur und Botschaft im Treiben der Flocken. Sein Atem steht in der Luft der Geschehnisse und alle Figuren hauchen es an. Es ist viel näher unter die Gestalten gemischt als der Erwachsene. Es ist unsäglich betroffen von dem Geschehen und den gewechselten Worten und wenn es aufsteht, ist es über und über beschneit vom Gelesenen.

Zu spät gekommenes Kind. Die Uhr im Schulhof sieht beschädigt aus durch seine Schuld. Sie steht auf »Zu spät«. Und in den Flur dringt aus den Klassentüren, wo es vorbeistreicht, Murmeln von geheimer Beratung. Lehrer und Schüler dahinter sind Freund. Oder es schweigt alles still, als erwartete man einen. Unhörbar legt es die Hand an die Klinke. Die Sonne tränkt den Flecken, wo es steht. Da schändet es den grünen Tag und öffnet. Es hört die Lehrerstimme wie ein Mühlrad klappern; es steht vor dem Mahlwerk. Die klappernde Stimme behält ihren Takt, aber die Knechte werfen nun alles ab und auf das neue; zehn, zwanzig schwere Säcke fliegen ihm zu, die muss es zur Bank tragen. An seinem Mäntelchen ist jeder Faden weiß bestaubt. Wie eine arme Seele um Mitternacht macht es bei jedem Schritt Getöse, und keiner sieht es. Sitzt es dann auf dem Platz, so schafft es leise mit bis Glockenschlag. Aber es ist kein Segen dabei.

Naschendes Kind. Im Spalt des kaum geöffneten Speiseschranks dringt seine Hand wie ein Liebender durch die Nacht vor. Ist sie dann in der Finsternis zu Hause, so tastet sie nach Zucker oder Mandeln, nach Sultaninen oder Eingemachtem. Und wie der Liebhaber, ehe er's küsst, sein Mädchen umarmt, so hat der Tastsinn mit ihnen ein Stelldichein, ehe der Mund ihre Süßigkeit kostet. Wie gibt der Honig, geben Haufen von Korinthen, gibt sogar Reis sich schmeichelnd in die Hand. Wie leidenschaftlich dies Begegnen beider, die endlich nun dem Löffel entronnen sind. Dankbar und wild, wie eine, die man aus dem Elternhause sich geraubt hat, gibt hier die

Erdbeermarmelade ohne Semmel und gleichsam unter Gottes freiem Himmel sich zu schmecken, und selbst die Butter erwidert mit Zärtlichkeit die Kühnheit eines Werbers, der in ihre Mägdekammer vorstieß. Die Hand, der jugendliche Don Juan, ist bald in alle Zellen und Gelasse eingedrungen, hinter sich rinnende Schichten und strömende Mengen: Jungfräulichkeit, die ohne Klagen sich erneuert.

KARUSSELLFAHRENDES KIND. Das Brett mit den dienstbaren Tieren rollt dicht überm Boden. Es hat die Höhe, in der man am besten zu fliegen träumt. Musik setzt ein, und ruckweis rollt das Kind von seiner Mutter fort. Erst hat es Angst, die Mutter zu verlassen. Dann aber merkt es, wie es selber treu ist. Es thront als treuer Herrscher über einer Welt, die ihm gehört. In der Tangente bilden Bäume und Eingeborene Spalier. Da taucht, in einem Orient, wiederum die Mutter auf. Danach tritt aus dem Urwald ein Wipfel, wie ihn das Kind schon vor Jahrtausenden, wie es ihn eben erst im Karussell gesehen hat. Sein Tier ist ihm zugetan: Wie ein stummer Arion fährt es auf seinem stummen Fisch dahin, ein hölzerner Stier-Zeus entführt es als makellose Europa. Längst ist die ewige Wiederkehr aller Dinge Kinderweisheit geworden und das Leben ein uralter Rausch der Herrschaft, mit dem dröhnenden Orchestrion in der Mitte als Kronschatz. Spielt es langsamer, fängt der Raum an zu stottern und die Bäume beginnen sich zu besinnen. Das Karussell wird unsicherer Grund. Und die Mutter taucht auf, der vielfach gerammte Pfahl, um welchen das landende Kind das Tau seiner Blicke wickelt.

UNORDENTLICHES KIND. Jeder Stein, den es findet, jede gepflückte Blume und jeder gefangene Schmetterling ist ihm schon Anfang einer Sammlung, und alles, was es überhaupt besitzt, macht ihm eine einzige Sammlung aus. An ihm zeigt diese Leidenschaft ihr wahres Gesicht, den strengen indianischen Blick, der in den Antiquaren, Forschern, Büchernarren nur noch getrübt und manisch weiterbrennt. Kaum tritt es ins Leben, so ist es Jäger. Es jagt die Geister, deren Spur es in den Dingen wittert; zwischen Geistern und Dingen verstreichen ihm Jahre, in denen sein Gesichtsfeld frei von Menschen bleibt. Es geht ihm wie in Träumen: es kennt nichts Bleibendes; alles geschieht ihm, meint es, begegnet ihm, stößt ihm zu. Seine Nomadenjahre sind Stunden im Traumwald. Dorther schleppt es die Beute heim, um sie zu reinigen, zu festigen, zu entzaubern. Seine Schubladen müssen Zeughaus und Zoo, Kriminalmuseum und Krypta werden. ›Aufräumen‹ hieße einen Bau vernichten voll stachliger Kastanien, die Morgensterne, Stanniolpapiere, die ein Silberhort, Bauklötze, die Särge, Kakteen, die Totembäume und Kupferpfennige, die Schilde sind. Am Wäscheschrank der Mutter, an der Bücherei des Vaters, da hilft das Kind schon längst, wenn es im eigenen Revier noch immer der unstete, streitbare Gast ist.

VERSTECKTES KIND. Es kennt in der Wohnung schon alle Verstecke und kehrt darein wie in ein Haus zurück, wo man sicher ist, alles beim alten zu finden. Ihm klopft das Herz, es hält seinen Atem an. Hier ist es in die Stoffwelt eingeschlossen. Sie wird ihm ungeheuer deutlich, kommt ihm sprachlos nah. So wird erst einer, den man aufhängt, inne, was Strick und Holz sind. Das Kind, das hinter der Portiere steht, wird selbst zu etwas Wehendem und Weißem, zum Gespenst. Der Esstisch, unter den es sich gekauert hat, lässt es zum hölzernen Idol des Tempels werden, wo die geschnitzten Beine die vier Säulen sind. Und hinter einer Türe ist es selber Tür, ist mit ihr angetan als schwerer Maske und wird als Zauberpriester alle behexen, die ahnungslos eintreten. Um keinen Preis darf es gefunden werden. Wenn es Gesichter schneidet, sagt man ihm, braucht nur die Uhr zu schlagen und es muss so bleiben. Was Wahres daran ist, das weiß es im Versteck. Wer es entdeckt, kann es als Götzen unterm Tisch erstarren machen, für immer als Gespenst in die Gardine es verweben, auf Lebenszeit es in die schwere Tür bannen. Es lässt darum mit einem lauten Schrei den Dämon, der es so verwandelte, damit man es nicht findet, ausfahren, wenn es der Suchende fasst – ja, wartet diesen Augenblick nicht ab, greift ihm mit einem Schrei der Selbstbefreiung vor. Darum wird es den Kampf mit dem Dämon nicht müde. Die Wohnung ist dabei das Arsenal der Masken. Doch einmal jährlich liegen an geheimnisvollen Stellen, in ihren leeren Augenhöhlen, ihrem starren Mund, Geschenke. Die magische Erfahrung wird Wissenschaft. Das Kind entzaubert als ihr Ingenieur die düstere Elternwohnung und sucht Ostereier.

ANTIQUITÄTEN

MEDAILLON. An allem, was mit Grund schön genannt wird, wirkt paradox, dass es erscheint.

GEBETMÜHLE. Lebendig nährt den Willen nur das vorgestellte Bild. Am bloßen Wort dagegen kann er sich zu höchst entzünden, um dann brandig fortzuschwelen. Kein heiler Wille ohne die genaue bildliche Vorstellung. Keine Vorstellung ohne Innervation. Nun ist der Atem deren allerfeinste Regulierung. Der Laut der Formeln ist ein Kanon dieser Atmung. Daher die Praxis der über den heiligen Silben atmend meditierenden Yoga. Daher ihre Allmacht.

ANTIKER LÖFFEL. Eins ist den größten Epikern vorbehalten: ihre Helden füttern zu können.

ALTE LANDKARTE. In einer Liebe suchen die meisten ewige Heimat. Andere, sehr wenige aber das ewige Reisen. Diese letzten sind Melancholiker, die da Berührung mit der Muttererde zu scheuen haben. Wer die Schwermut der Heimat von ihnen fern hielte, den suchen sie. Dem halten sie Treue. Die mittelalterlichen Komplexionenbücher wissen um die Sehnsucht dieses Menschenschlages nach weiten Reisen.

FÄCHER. Man wird folgende Erfahrung gemacht haben: liebt man jemanden, ist man sogar nur intensiv mit ihm beschäftigt, so findet man beinah in jedem Buche sein Porträt. Ja er erscheint als Spieler und als Gegenspieler. In den Erzählungen, Romanen und Novellen begegnet er in immer neuen Verwandlungen. Und hieraus folgt: das Vermögen der Phantasie ist die Gabe, im unendlich Kleinen zu interpolieren, jeder Intensität als Extensivem ihre neue gedrängte Fülle zu erfinden, kurz, jedes Bild zu nehmen, als sei es das des zusammengelegten Fächers, das erst in der Entfaltung Atem holt und mit der neuen Breite die Züge des geliebten Menschen in seinem Innern aufführt.

RELIEF. Man ist zusammen mit der Frau, die man liebt, man spricht mit ihr. Dann, Wochen oder Monate später, wenn man von ihr getrennt ist, kommt einem wieder, wovon damals die Rede war. Und nun liegt das Motiv banal, grell, untief da, und man erkennt: nur sie, die sich aus Liebe tief darüber neigte, hat es vor uns beschattet und geschützt, dass wie ein Relief in allen Falten und in allen Winkeln der Gedanke lebte. Sind wir allein, wie jetzt, so liegt er flach, trost-, schattenlos im Lichte unserer Erkenntnis.

TORSO. Nur wer die eigene Vergangenheit als Ausgeburt des Zwanges und der Not zu betrachten wüsste, der wäre fähig, sie in jeder Gegenwart aufs höchste für sich wert zu machen. Denn was einer lebte, ist bestenfalls der schönen Figur vergleichbar, der auf Transporten alle Glieder abgeschlagen wurden, und die nun nichts als den kostbaren Block abgibt, aus dem er das Bild seiner Zukunft zu hauen hat.

Wer den Sonnenaufgang wachend, bekleidet, auf einer Wanderung etwa, vor sich sieht, behält tagsüber vor allen anderen die Souveränität eines unsichtbar Gekrönten und wem er unter der Arbeit hereinbrach, dem ist um Mittag, als hätte er sich die Krone selbst aufgesetzt.

Als Lebensuhr, auf der die Sekunden nur so dahineilen, hängt über den Romanfiguren die Seitenzahl. Welcher Leser hätte nicht schon einmal flüchtig, geängstigt zu ihr aufgeblickt?

Ich träumte, mit Roethe gehe ich – neugebackener Privatdozent – in kollegialer Unterhaltung durch die weiten Räume eines Museums, dessen Vorsteher er ist. Während er in einem Nebenraum mit einem Angestellten sich unterhält, trete ich vor eine Vitrine. In ihr steht neben anderen, wohl kleineren Gegenständen, die verstreut sind, die metallische oder emaillierte, trübe das Licht spiegelnde, fast lebensgroße Büste einer Frau, nicht unähnlich der sogenannten Leonardoschen Flora im Berliner Museum. Der Mund dieses Goldhaupts ist geöffnet und über die Zähne des Unterkiefers sind Schmucksachen, die zum Teil aus dem Munde heraushängen, in wohlgemessenen Abständen gebreitet. Mir war nicht zweifelhaft, dass das eine Uhr sei. – (Motive des Traums: Der Scham-Roethe; Morgenstunde hat Gold im Munde; »La tête, avec l'amas de sa crinière sombre / Et de ses bijoux précieux, / Sur la table de nuit, comme une renoncule, / Repose«. Baudelaire.)

BOGENLAMPE

Einen Menschen kennt einzig nur der, welcher ohne Hoffnung ihn liebt.

Geranie. Zwei Menschen, die sich lieben, hängen über alles an ihren Namen.

Karthäusernelke. Dem Liebenden erscheint der geliebte Mensch immer einsam.

Asphodelos. Wer geliebt wird, hinter dem schließt der Abgrund des Geschlechts sich wie der der Familie.

Kakteenblüte. Der wahre Liebende freut sich, wenn der geliebte Mensch streitend im Unrecht ist.

Vergissmeinnicht. Erinnerung sieht den geliebten Menschen stets verkleinert.

Blattpflanze. Tritt ein Hindernis vor die Vereinigung, so ist alsbald die Phantasie eines wunschlosen Beisammenseins im Alter zur Stelle.

Fundbüro

Verlorene Gegenstände. Was den allerersten Anblick eines Dorfs, einer Stadt in der Landschaft so unvergleichlich und so unwiederbringlich macht, ist, dass in ihm die Ferne in der strengsten Bindung an die Nähe mitschwingt. Noch hat Gewohnheit ihr Werk nicht getan. Beginnen wir erst einmal uns zurechtzufinden, so ist die Landschaft mit einem Schlage verschwunden wie die Fassade eines Hauses wenn wir es betreten. Noch hat diese kein Übergewicht durch die stete, zur Gewohnheit gewordene Durchforschung erhalten. Haben wir einmal begonnen, im Ort uns zurechtzufinden, so kann jenes früheste Bild sich nie wieder herstellen.

GEFUNDENE GEGENSTÄNDE. Die blaue Ferne, die da keiner Nähe weicht und wiederum beim Näherkommen nicht zergeht, die nicht breitspurig und langatmig beim Herantreten daliegt, sondern nur verschlossener und drohender einem sich aufbaut, ist die gemalte Ferne der Kulisse. Das gibt den Bühnenbildern ihren unvergleichlichen Charakter.

HALTEPLATZ FÜR NICHT MEHR ALS 3 DROSCHKEN

Ich stand an einer Stelle zehn Minuten und wartete auf einen Omnibus. »L'Intran … Paris-Soir … La Liberté« rief hinter mir ununterbrochen mit unverändertem Tonfall eine Zeitungsfrau. »L'Intran … Paris-Soir … La Liberté« – – eine Zuchthauszelle von dreieckigem Grundriss. Ich sah vor mir, wie leer es in den Winkeln aussah.

Ich sah im Traum »ein verrufenes Haus«. »Ein Hotel, in dem ein Tier verwöhnt ist. Es trinken fast alle nur verwöhntes Tierwasser.« Ich träumte in diesen Worten und fuhr sofort wieder auf. Vor übergroßer Ermüdung hatte ich im erhellten Zimmer mich in Kleidern aufs Bett geworfen und war sogleich, für einige Sekunden, eingeschlafen.

Es gibt in Mietskasernen eine Musik von so todestrauriger Ausgelassenheit, dass man nicht glauben will, sie sei für den, der spielt: es ist Musik für die möblierten Zimmer, wo einer sonntags in Gedanken sitzt, die bald mit diesen Noten sich garnieren wie eine Schüssel überreifes Obst mit welken Blättern.

KRIEGERDENKMAL

KARL KRAUS. Nichts trostloser als seine Adepten, nichts gottverlassener als seine Gegner. Kein Name, der geziemender durch Schweigen geehrt würde. In einer uralten Rüstung, ingrimmig grinsend, ein chinesisches Idol, in beiden Händen die gezückten Schwerter schwingend, tanzt er den Kriegstanz vor dem Grabgewölbe der deutschen Sprache. Er, der »nur einer von den Epigonen, die in dem alten Haus der Sprache wohnen«, ist zum Beschließer ihrer Gruft geworden. In Tag- und Nachtwachen harrt er aus. Kein Posten ist je treuer gehalten worden und keiner je war verlorener. Hier steht, der aus dem Tränenmeere seiner Mitwelt schöpft wie eine Danaïde, und dem der Fels, der seine Feinde begraben soll, aus den Händen rollt wie dem Sisyphos. Was hilfloser als seine Konversion? Was ohnmächtiger als seine Humanität? Was hoffnungsloser als sein Kampf mit der Presse? Was weiß er von den wahrhaft ihm verbündeten Gewalten? Doch welches Sehertum der neuen Magier lässt sich vergleichen mit dem Lauschen dieses Zauberpriesters, dem eine abgeschiedene Sprache selbst die Worte eingibt? Wer hat je einen Geist beschworen wie Kraus in den »Verlassenen«, als ob sie vordem nie gedichtet worden wäre, die »Selige Sehnsucht«? So hilflos wie nur Geisterstimmen sich hören lassen, sagt das Raunen aus einer chthonischen Tiefe der Sprache ihm wahr. Jedweder Laut ist unvergleichlich echt, aber sie alle lassen ratlos wie Geisterrede. Blind wie die Manen ruft die Sprache ihn zur Rache auf, borniert wie Geister, die nur die Blutstimme kennen, denen gleich ist, was sie im Reiche der Lebenden anstiften. Aber er kann nicht irren. Unfehlbar sind ihre Mandate. Wer ihm in den Arm läuft, ist schon gerichtet: sein Name selber wird in diesem Mund zum Urteil. Wenn er ihn aufreißt, schlägt die farblose Flamme des Witzes ihm über die Lippen. Und keiner, der die Wege des Lebens geht, stieße auf ihn. Auf einem archaischen Felde der Ehre, einer riesigen Walstatt blutiger Arbeit rast er vor einem verlassenen Grabmonument. Die Ehren seines Todes werden unermesslich, die letzten sein, die vergeben werden.

Die Vorstellung vom Klassenkampf kann irreführen. Es handelt sich in ihm nicht um eine Kraftprobe, in der die Frage: wer siegt, wer unterliegt? entschieden würde, nicht um ein Ringen, nach dessen Ausgang es dem Sieger gut, dem Unterlegenen aber schlecht gehen wird. So denken, heißt die Fakten romantisch vertuschen. Denn mag die Bourgeoisie im Kampfe siegen oder unterliegen, sie bleibt zum Untergange durch die inneren Widersprüche, die ihr im Laufe der Entwicklung tödlich werden, verurteilt. Die Frage ist nur, ob sie an sich selber oder durch das Proletariat zugrunde geht. Bestand oder das Ende einer dreitausendjährigen Kulturentwicklung werden durch die Antwort darauf entschieden. Geschichte weiß nichts von der schlechten Unendlichkeit im Bilde der beiden ewig ringenden Kämpfer. Nur in Terminen rechnet der wahre Politiker. Und ist die Abschaffung der Bourgeoisie nicht bis zu einem fast berechenbaren Augenblick der wirtschaftlichen und technischen Entwicklung vollzogen (Inflation und Gaskrieg signalisieren ihn), so ist alles verloren. Bevor der Funke an das Dynamit kommt, muss die brennende Zündschnur durchschnitten werden. Eingriff, Gefahr und Tempo des Politikers sind technisch – nicht ritterlich.

REISEANDENKEN

ATRANI. Die sacht ansteigende geschweifte Barocktreppe zur Kirche. Das Gitter hinter der Kirche. Die Litaneien der alten Frauen beim Ave Maria: Einschulung in die erste Sterbeklasse. Wenn man sich umwendet, grenzt dann die Kirche wie Gott selber ans Meer. Allmorgendlich bricht die christliche Ära den Fels an, aber zwischen den Mauern darunter zerfällt immer wieder die Nacht in die vier alten römischen Viertel. Gassen wie Luftschächte. Auf dem Marktplatz ein Brunnen.

Am Spätnachmittag Weiber herum. Dann einsam: archaisches Plätschern.

MARINE. Die Schönheit großer Segelschiffe ist einziger Art. Denn sie sind nicht allein in ihrem Umriss durch Jahrhunderte unverändert geblieben, sondern erscheinen in der unwandelbarsten Landschaft: auf der See gegen den Horizont abgehoben.

VERSAILLES FASSADE. Es ist, als habe man dies Schloss vergessen, wo man es vor so und soviel hundert Jahren Par Ordre Du Roi nur auf zwei Stunden als das Versatzstück einer Féerie hingestellt hat. Von seinem Glanz behält es nichts für sich, es gibt ihn ungeteilt an jene königliche Lage, die mit ihm abschließt. Vor diesem Hintergrund wird sie zur Bühne, auf der die absolute Monarchie als allegorisches Ballett tragiert ward. Doch heute ist es nur die Wand, deren Schatten man aufsucht, um den Fernblick ins Blau zu genießen, das Le Nôtre erschuf.

HEIDELBERGER SCHLOSS. Ruinen, deren Trümmer gegen den Himmel ragen, erscheinen bisweilen doppelt schön an klaren Tagen, wenn der Blick in ihren Fenstern oder zu Häupten den vorüberziehenden Wolken begegnet. Die Zerstörung bekräftigt durch das vergängliche Schauspiel, das sie am Himmel eröffnet, die Ewigkeit dieser Trümmer.

SEVILLA ALCAZAR. Eine Architektur, die dem ersten Zuge der Phantasie folgt. Sie ist durch praktische Bedenken ungebrochen. Nur Träume und Feste, deren Erfüllung, sind in den hohen Gemächern vorgesehen. Darinnen werden Tanz und Schweigen Leitmotiv, weil alle menschliche Bewegung vom stillen Getümmel des Ornamentes eingesogen wird.

MARSEILLE KATHEDRALE. Auf dem menschenleersten, sonnigsten Platz steht die Kathedrale. Hier ist es ausgestorben, trotzdem im Süden, zu ihren Füßen, La Joliette, der Hafen, im Norden ein Proletarierviertel dicht anstößt. Als Umschlagplatz für ungreifbare, undurchschaubare Ware steht da das öde Bauwerk zwischen Mole und Speicher. An vierzig Jahre hat man darangesetzt. Doch als dann 1893 alles fertig war, da hatten Ort und Zeit an diesem Monument sich gegen Architekten und Bauherrn siegreich verschworen und aus den reichen Mitteln des Klerus war ein Riesenbahnhof entstanden, der niemals dem Verkehr konnte übergeben werden. An der Fassade sind die Wartesäle im Innern kenntlich, wo Reisende I.–IV. Klasse (doch vor Gott sind sie alle gleich), eingeklemmt wie zwischen Koffer in ihre geistige Habe, sitzen und in Gesangbüchern lesen, die mit ihren Konkordanzen und Korrespondenzen den internationalen Kursbüchern sehr ähnlich sehen. Auszüge aus der Eisenbahnverkehrsordnung hängen als Hirtenbriefe an den Wänden, Tarife für den Ablass auf die Sonderfahrten im Luxuszug des Satan werden eingesehen und Kabinette, wo der Weitgereiste diskret sich reinwaschen kann, als Beichtstühle in Bereitschaft gehalten. Das ist der Religionsbahnhof zu Marseille. Schlafwagenzüge in die Ewigkeit werden zur Messezeit hier abgefertigt.

FREIBURGER MÜNSTER. Mit dem eigensten Heimatgefühl einer Stadt verbindet sich für ihren Bewohner – ja vielleicht noch für den verweilenden Reisenden in der Erinnerung – der Ton und der Abstand, mit dem der Schlag ihrer Turmuhren anhebt.

MOSKAU BASILIUS-KATHEDRALE. Was die byzantinische Madonna im Arm hat ist nur eine hölzerne Puppe in Lebensgröße. Ihr Schmerzensausdruck vor einem Christus, dessen Kindsein nur angedeutet, nur vertreten bleibt, ist intensiver, als sie je mit einem lebenswahren Knabenbilde ihn zur Schau tragen könnte.

BOSCOTRECASE. Vornehmheit der Pinienwälder: ihr Dach ist ohne Verflechtungen gebildet.

NEAPEL MUSEO NAZIONALE. Archaische Statuen tragen im Lächeln das Bewusstsein ihres Leibes dem Betrachter entgegen wie ein Kind die frisch gepflückten Blumen ungebunden und zerstreut uns entgegenhebt, während die spätere Kunst strenger die Mienen schürzt, gleich dem Erwachsenen, der mit schneidenden Gräsern den dauernden Strauß flicht.

FLORENZ BAPTISTERIUM. Auf dem Portal die »Spes« Andrea Pisanos. Sie sitzt und hilflos erhebt sie die Arme nach einer Frucht, die ihr unerreichbar bleibt. Dennoch ist sie geflügelt. Nichts ist wahrer.

HIMMEL. Im Traume trat ich aus einem Hause und erblickte den Nachthimmel. Ein wildes Glänzen ging von ihm aus. Denn, ausgestirnt wie er war, standen die Bilder, nach denen man Sterne zusammenfügt, sinnlicher Gegenwart da. Ein Löwe, eine Jungfrau, eine Waage und viele andere starrten, als dichte Sternhaufen, auf die Erde herunter. Kein Mond war zu sehen.

OPTIKER

Im Sommer fallen die dicken Leute auf, im Winter die dünnen.

Im Frühling gewahrt man bei hellem Sonnenwetter das junge Laub, im kalten Regen die noch unbelaubten Äste.

Wie ein gastlicher Abend verlaufen ist, das sieht an der Stellung der Teller und Tassen, der Becher und Speisen, wer zurückblieb, auf einen Blick.

Grundsatz der Werbung: sich siebenfach machen; siebenfach sich um die stellen, die man begehrt.

Der Blick ist die Neige des Menschen.

MODELLIERBILDERBOGEN. Buden haben wie große schwankende Kähne zu beiden Seiten die steinerne Mole angelaufen, auf der die Leute sich schieben. Es gibt Segler, die Masten aufragen lassen, an denen die Wimpel herunterhängen, Dampfer, aus deren Schornsteinen Rauch steigt, Lastkähne, die ihre Ladung lange verstaut halten. Darunter sind Schiffe, in deren Bauch man verschwindet; nur Männer dürfen hinunter, aber man sieht durch Luken hindurch Frauenarme, Schleier und Pfauenfedern. Anderswo stehen Fremdlinge auf dem Verdeck und scheinen mit exzentrischer Musik das Publikum abschrecken zu wollen. Aber wie gleichgültig wird es nicht empfangen. Man steigt zögernd hinauf, mit breitem, wiegendem Gange wie über Schiffstreppen, und bleibt, solange man oben ist, gewärtig, dass sich das Ganze vom Ufer ablöst. Die schweigsam und benommen dann wieder auftauchen, haben auf roten Skalen, wo gefärbter Weingeist auf- und absteigt, die eigene Ehe werden und vergehen sehen; der gelbe Mann, der unten anfing zu werben, verließ am oberen Ende dieses Maßstabs die blaue Frau. In Spiegel haben sie geblickt, wo ihnen wässerig der Boden unter den Füßen fortschwamm und sind über rollende Treppen ins Freie gestolpert. Unruhe bringt die Flotte übers Quartier: Frauen und Mädchen da drinnen sind frech aufgelegt und alles Essbare wurde im Schlaraffenland selber verladen. Man ist so gänzlich durch das Weltmeer abgeschnitten, dass alles wie zum ersten- und zum letztenmal zugleich hier angetroffen wird. Seelöwen, Zwerge und Hunde sind wie in einer Arche aufbewahrt. Sogar die Eisenbahn ist ein für allemal hier eingebracht und fährt auf ihrem Kreislauf immer wieder durch einen Tunnel. Für einige Tage ist das Quartier zur Hafenstadt einer Südseeinsel geworden und die Bewohner Wilde, welche in Begier und Staunen vor dem vergehen, was Europa ihnen vor die Füße wirft.

Schiessscheiben. Schießbudenlandschaften müssten, in einem Korpus gesammelt, beschrieben werden. Da war eine Eiswüste, von der an vielen Stellen weiße Tonpfeifenköpfe, die Zielpunkte, strahlenförmig gebündelt, sich abhoben. Hinten, vor einem unartikulierten Streifen Waldes, waren zwei Förster aufgemalt, ganz vorn, gleichsam Versatzstücke, zwei Sirenen mit provozierenden Brüsten in Ölfarbe. Anderswo sträuben sich Pfeifen im Haar von Frauen, die selten mit Röcken gemalt sind, meist in Trikots. Oder sie gehen aus einem Fächer hervor, den sie in der Hand entfalten. Bewegliche Pfeifen drehen sich langsam im hinteren Grunde der »Tirs aux Pigeons«. Andere Buden präsentieren Theater, in denen der Beschauer mit der Flinte Regie führt. Trifft er ins Schwarze, dann fängt die Vorstellung an. So waren einmal sechsunddreißig Kästen und überm Bühnenrahmen stand bei jedem, was man dahinter zu erwarten hatte: »Jeanne d'Arc en prison«, »L'hospitalité«, »Les rues de Paris«. Aus einer anderen Bude: »Exécution capitale«. Vor dem verschlossenen Tore eine Guillotine, ein Richter im schwarzen Talar und ein Geistlicher, welcher das Kreuz hält. Trifft der Schuss, geht das Tor auf, ein Holzbrett schiebt sich vor, auf dem der Delinquent zwischen zwei Schergen steht. Er legt sich automatisch unters Fallbeil und der Kopf wird ihm abgehauen. Dieselbe: »Les délices du mariage«. Ein kümmerliches Interieur eröffnet sich. Den Vater sieht man mitten in der Stube, er hält ein Kind auf den Knien, mit seiner freien Hand schaukelt er die Wiege, in welcher noch eines liegt. »L'enfer« – wenn ihre Pforten auseinandergehen, erblickt man einen Teufel, welcher eine arme Seele quält. Daneben drängt ein anderer einen Pfaffen auf den Kessel zu, in welchem die Verdammten schmoren müssen. »Le bagne« – ein Tor, davor ein Gefängniswärter. Wenn man getroffen hat, zieht er an einer Glocke. Es klingelt, das Tor geht auf. Man sieht zwei Sträflinge an einem großen Rade hantieren; sie scheinen es drehen zu müssen. Wieder eine andere Konstellation: ein Geiger mit seinem Tanzbär. Man schießt hinein und der Fiedelbogen bewegt sich. Der Bär schlägt mit einer Tatze die Pauke und hebt ein Bein. Man muss an das Märchen vom tapferen Schneiderlein denken, könnte auch Dornröschen mit einem Schusse wieder erweckt, Schneewittchen durch einen Schuss von dem Apfel befreit, Rotkäppchen in einem Schuss sich aufgelöst denken. Der Schuss schlägt märchenhaft, mit jener heilsamen Gewalt ins Dasein der Puppen ein, die den Ungetümen das Haupt vom Rumpfe haut und als Prinzessinnen sie entlarvt. So wie bei jenem großen aufschriftlosen Tor: wenn man gut gezielt hat, öffnet es sich und vor roten Plüschvorhängen steht ein Mohr, der sich leicht zu verneigen scheint. Er trägt vor sich her eine goldene Schüssel. Darauf liegen drei Früchte. Es öffnet die erste sich, und eine winzige Person steht drin und verbeugt sich. In der zweiten drehen sich tanzend zwei ebenso winzige Puppen. (Die dritte tat sich nicht auf.) Darunter, vor dem Tisch, auf dem die sonstige Szenerie sich aufbaut, ein kleiner Reiter aus Holz mit der Überschrift: »Route minée«. Trifft man ins Schwarze, so knallt es, und der Reiter mit seinem Pferd überschlägt sich, bleibt aber, wohlverstanden, auf ihm sitzen.

STEREOSKOP. Riga. Der tägliche Markt, die gedrängte Stadt aus niedrigen Holzbuden zieht auf der Mole, einem breiten, schmutzigen Steinwall ohne Speichergebäude sich am Wasser der Düna entlang. Kleine Dampfer, die oft kaum mit dem Schornstein über die Kaimauer reichen, haben die schwärzliche Zwergenstadt angelaufen. (Die größeren Schiffe liegen dünaabwärts.) Schmutzige Bretter sind der tonige Grund, auf dem, in der kalten Luft leuchtend, einige wenige Farben zergehen. An manchen Ecken stehen hier das ganze Jahr neben Fisch-, Fleisch-, Stiefel- und Kleiderbaracken Kleinbürgerweiber mit den bunten Papierruten, die nach Westen nur um die Weihnachtszeit vordringen. Von der geliebtesten Stimme gescholten werden – so sind diese Ruten. Für wenige Santimes vielfarbige Strafbüschel. Am Ende der Mole liegt in hölzernen Schranken nur dreißig Schritt vom Wasser entfernt mit seinen rotweißen Bergen der Äpfelmarkt. Die feilgebotenen Äpfel stecken im Stroh und die verkauften ohne Stroh in den Körben der Hausfrauen. Eine dunkelrote Kirche erhebt sich dahinter, die in der frischen Novemberluft gegen die Backen der Äpfel nicht aufkommt. – Mehrere Läden für Schifferbedarf in kleinen Häuschen unweit der Mole. Taue sind aufgemalt. Überall sieht man die Ware abgemalt auf Schildern oder auf die Hauswand gepinselt. Ein Geschäft in der Stadt hat auf der unverputzten Ziegelwand Koffer und Riemen überlebensgroß. Ein niedriges Eckhaus mit einem Laden für Korsetts und Damenhüte ist mit geputzten Damengesichtern und strengen Miedern auf ockergelbem Grunde bemalt. Im Winkel davor steht eine Laterne, die auf den Glasscheiben Ähnliches darstellt. Das Ganze ist wie die Fassade eines Phantasiebordells, Ein anderes Haus, ebenfalls unweit des Hafens, hat Zuckersäcke und Kohlen grau und schwarz plastisch auf grauer Hauswand. Schuhe irgendwo anders regnen aus Füllhörnern nieder. Eisenwaren sind bis ins einzelne, Hämmer, Zahnräder, Zangen und kleinste Schräubchen auf ein Schild gemalt, das wie eine Vorlage aus veralteten Kindermalbüchern aussieht. Mit solchen Bildern ist die Stadt durchsetzt: gestellt wie aus Schubladen. Dazwischen aber ragen viel hohe festungsartige, todtraurige Gebäude heraus, die alle Schrecken des Zarismus wachrufen.

UNVERKÄUFLICH. Mechanisches Kabinett auf dem Jahrmarkt zu Lucca. In einem langgestreckten symmetrisch geteilten Zelt ist die Ausstellung untergebracht. Einige Stufen führen herauf. Das Aushängeschild vertritt ein Tisch mit einigen unbeweglichen Puppen. Durch die rechte Öffnung betritt man das Zelt, durch die linke verlässt man es wieder. Im hellen Innenraume ziehen zwei Tische sich in die Tiefe. Sie stoßen an der inneren Längskante zusammen, sodass nur ein schmaler Raum für den Umgang bleibt. Beide Tische sind niedrig und glasgedeckt. Auf ihnen stehen die Puppen (zwanzig bis fünfundzwanzig Zentimeter hoch im Durchschnitt), während in ihrem unteren verdeckten Teile das Uhrwerk, das die Puppen treibt, vernehmbar tickt. Ein kleiner Tritt für Kinder läuft an den Kanten der Tische entlang. An den Wänden sind Zerrspiegel. – Dem Eingang zunächst sieht man Fürstlichkeiten. Jede macht irgendeine Bewegung: die einen mit dem rechten oder linken Arm eine weitausholende einladende Geste, die anderen eine Schwenkung der gläsernen Blicke; manche rollen die Augen und rühren die Arme zu gleicher Zeit. Franz Joseph, Pio IX., thronend und flankiert von zwei Kardinälen, die Königin Elena von Italien, die Sultanin, Wilhelm I. zu Pferde, Napoleon III. klein und kleiner noch Vittorio Emanuele als Kronprinz stehen da. Biblische Figurinen folgen, darauf die Passion. Herodes befiehlt mit sehr mannigfachen Bewegungen des Hauptes den Kindermord. Er öffnet weit den Mund und nickt dazu, streckt den Arm aus und lässt ihn wieder fallen. Zwei Henker stehen vor ihm: der eine leerlaufend mit schneidendem Schwert, ein enthauptetes Kind unterm Arm, der andere, im Begriffe zuzustechen, steht, bis aufs Augenrollen, unbeweglich. Und zwei Mütter dabei: die eine unaufhörlich sacht ihren Kopf schüttelnd wie eine Schwermütige, die andere langsam, flehend die Arme hebend. – Die Nagelung ans Kreuz. Dieses liegt am Boden. Die Schergen schlagen den Nagel ein. Christus nickt. – Christus gekreuzigt, von dem Essigschwamm getränkt, den ihm ein Kriegsknecht langsam, ruckweis reicht und augenblicklich wieder entzieht. Der Heiland hebt dabei ganz wenig das Kinn. Von hinten beugt ein Engel mit dem Kelch für Blut sich übers Kreuz, führt ihn vor und zieht ihn dann, als wäre er gefüllt, zurück. – Der andere Tisch zeigt genrehafte Bilder. Gargantua mit Knödeln. Vor einem Teller schaufelt er mit beiden Händen sie in den Mund, indem er abwechselnd den rechten und den linken Arm hebt. Beide Hände halten je eine Gabel, an der ein Kloß steckt. – Ein spinnendes Alpenfräulein. – Zwei Affen, die Geige spielen. – Ein Zauberer hat zwei tonnenartige Behälter vor sich. Der rechte öffnet sich und daraus taucht mit ihrem Oberkörper eine Dame. Sodann versinkt sie. Es öffnet sich der linke: daraus hebt zu halber Höhe sich ein Männerleib. Von neuem öffnet sich der rechte Behälter und nun steigt da der Schädel eines Bocks mit dem Gesicht der Dame zwischen den Hörnern hervor. Danach hebt es sich links: ein Affe stellt sich statt des Mannes dar. Sodann geht alles wieder von vorne an. – Ein anderer Zauberer: er hat vor sich einen Tisch und hält je einen umgekehrten Becher in der rechten und linken Hand. Darunter erscheinen, wie er abwechselnd den einen oder den anderen hebt, bald ein Brot oder ein Apfel, eine Blume oder ein Würfel. – Der Zauberbrunnen: kopfschüttelnd steht ein Bauernknabe vor einem Ziehbrunnen. Ein Mädchen zieht und der unabgesetzte dicke Strahl aus Glas rinnt aus der Brunnenöffnung. – Die verzauberten Liebenden: ein goldenes Gebüsch oder eine goldene Flamme tut in zwei Flügeln sich auf. Darin werden zwei Puppen sichtbar. Sie wenden die Köpfe einander zu und dann wieder ab, als sähen sie mit fassungslosem Staunen sich an. – Unter allen Figuren ein kleines Papier mit der Aufschrift. Das Ganze aus dem Jahre 1862.

POLIKLINIK

Der Autor legt den Gedanken auf den Marmortisch des Cafés. Lange Betrachtung: denn er benutzt die Zeit, da noch das Glas – die Linse, unter der er den Patienten vornimmt – nicht vor ihm steht. Dann packt er sein Besteck allmählich aus: Füllfederhalter, Bleistift und Pfeife. Die Menge der Gäste macht, amphitheatralisch angeordnet, sein klinisches Publikum. Kaffee, vorsorglich eingefüllt und ebenso genossen, setzt den Gedanken unter Chloroform. Worauf der sinnt, hat mit der Sache selbst nicht mehr zu tun, als der Traum des Narkotisierten mit dem chirurgischen Eingriff. In den behutsamen Lineamenten der Handschrift wird zugeschnitten, der Operateur verlagert im Innern Akzente, brennt die Wucherungen der Worte heraus und schiebt als silberne Rippe ein Fremdwort ein. Endlich näht ihm mit feinen Stichen Interpunktion das Ganze zusammen und er entlohnt den Kellner, seinen Assistenten, in bar.

Diese Flächen sind zu vermieten

Narren, die den Verfall der Kritik beklagen. Denn deren Stunde ist längst abgelaufen. Kritik ist eine Sache des rechten Abstands. Sie ist in einer Welt zu Hause, wo es auf Perspektiven und Prospekte ankommt und einen Standpunkt einzunehmen noch möglich war. Die Dinge sind indessen viel zu brennend der menschlichen Gesellschaft auf den Leib gerückt. Die ›Unbefangenheit‹, der ›freie Blick‹ sind Lüge, wenn nicht der ganz naive Ausdruck planer Unzuständigkeit geworden. Der heute wesenhafteste, der merkantile Blick ins Herz der Dinge heißt Reklame. Sie reißt den freien Spielraum der Betrachtung nieder und rückt die Dinge so gefährlich nah uns vor die Stirn, wie aus dem Kinorahmen ein Auto, riesig anwachsend, auf uns zu zittert. Und wie das Kino Möbel und Fassaden nicht in vollendeten Figuren einer kritischen Betrachtung vorführt, sondern allein ihre sture, sprunghafte Nähe sensationell ist, so kurbelt echte Reklame die Dinge heran und hat ein Tempo, das dem guten Film entspricht. Damit ist denn ›Sachlichkeit‹ endlich verabschiedet, und vor den Riesenbildern an den Häuserwänden, wo »Chlorodont« und »Sleipnir« für Giganten handlich liegen, wird die gesundete Sentimentalität amerika-

nisch frei, wie Menschen, welche nichts mehr rührt und an-
rührt, im Kino wieder das Weinen lernen. Für den Mann von
der Straße aber ist es das Geld, das dergestalt die Dinge ihm
nahe rückt, den schlüssigen Kontakt mit ihnen herstellt. Und
der bezahlte Rezensent, der im Kunstsalon des Händlers mit
Bildern manipuliert, weiß, wenn nicht Besseres so Wichtigeres
von ihnen, als der Kunstfreund, der sie im Schaufenster sieht.
Die Wärme des Sujets entbindet sich ihm und stimmt ihn
gefühlvoll. – Was macht zuletzt Reklame der Kritik so überlegen? Nicht was die rote elektrische Laufschrift sagt – die
Feuerlache, die auf dem Asphalt sie spiegelt.

BÜROBEDARF

Das Chefzimmer starrt von Waffen. Was als Komfort den Eintretenden besticht, das ist in Wahrheit ein cachiertes Arsenal.
Ein Telephon auf dem Schreibtisch schlägt alle Augenblicke
an. Es fällt einem an der wichtigsten Stelle ins Wort und gibt
dem Gegenüber Zeit, sich seine Antwort zurechtzulegen. Indessen zeigen Brocken vom Gespräch, wieviele Angelegenhei-
ten hier verhandelt werden, die wichtiger sind als die, die an
der Reihe ist. Man sagt sich das und langsam fängt man an, von
seinem eigenen Standpunkte abzurutschen. Man beginnt sich
zu fragen, von wem da die Rede ist, vernimmt mit Schrecken,
dass der Unterredner morgen nach Brasilien fährt und ist bald
mit der Firma derart solidarisch, dass die Migräne, über die er
sich am Telephon beklagt, als bedauerliche Betriebsstörung
(statt als Chance) verzeichnet wird. Gerufen oder ungerufen
tritt die Sekretärin ein. Sie ist sehr hübsch. Und ist ihr Brotherr
gegen ihre Reize, sei's gefeit, sei's als Bewunderer längst mit
ihr im Reinen, so wird der Neuling mehr als einmal nach ihr
sehen, und sie versteht es, ihrem Chef zu Dank zu handeln.
Sein Personal ist in Bewegung, Kartotheken aufzutischen, in
denen der Gastfreund in den verschiedensten Zusammenhän-

gen sich rubriziert weiß. Er beginnt zu ermüden. Der andere aber, der das Licht im Rücken hat, liest aus den Zügen des blendend bestrahlten Gesichts mit Befriedigung das ab. Auch der Sessel tut seine Wirkung; man sitzt darin so tief zurückgelehnt wie beim Dentisten und nimmt das peinliche Verfahren dann zuletzt noch für den ordnungsmäßigen Verlauf der Dinge. Eine Liquidation folgt früher oder später auch dieser Behandlung.

Stückgut: Spedition und Verpackung

Ich fuhr früh morgens mit dem Auto durch Marseille zur Bahn, und wie mir unterwegs bekannte Stellen, dann neue, unbekannte oder andere, die ich nur ungenau erinnern konnte, aufstießen, wurde die Stadt ein Buch in meinen Händen, in das ich schnell noch ein paar Blicke warf, bevor es in der Kiste auf dem Speicher mir auf wer weiß wie lange aus den Augen kommen sollte.

Wegen Umbau geschlossen!

Im Traum nahm ich mir mit einem Gewehr das Leben. Als der Schuss fiel, erwachte ich nicht, sondern sah mich eine Weile als Leiche liegen. Dann erst wachte ich auf.

»Augias« Automatisches Restaurant

Dies ist der stärkste Einwand gegen die Lebeweise des Hagestolz: er nimmt einsam sein Essen. Einsam zu speisen macht leicht hart und roh. Wer es gewohnt ist, muss spartanisch leben, um nicht zu verkommen. Einsiedler haben, sei's nur darum, sich frugal beköstigt. Denn dem Essen wird nur in der

Gemeinschaft sein Recht; es will geteilt und ausgeteilt sein, wenn es anschlagen soll. Gleichviel wem: früher bereicherte ein Bettler am Tisch jede Mahlzeit. Aufs Teilen und aufs Geben kommt alles an, nichts auf soziables Gespräch in der Runde. Erstaunlich ist aber wiederum, dass Geselligkeit kritisch wird ohne Speisen. Bewirtung nivelliert und verbindet. Der Graf von Saint-Germain blieb nüchtern vor vollen Tafeln und schon auf diese Weise Herrscher im Gespräch. Wo aber jeder einzelne leer ausgeht, da kommen die Rivalitäten mit ihrem Streit.

Briefmarken-Handlung

Wer Stapel alter Briefschaften durchsieht, dem sagt oft eine Marke, die längst außer Kurs ist, auf einem brüchigen Umschlag mehr als Dutzende von durchlesenen Seiten. Manchmal begegnet man ihnen auf Ansichtskarten und weiß dann nicht, soll man sie ablösen oder soll man die Karte bewahren wie sie nun einmal ist, wie das Blatt eines alten Meisters, das auf der vorderen und der hinteren Seite zwei verschiedene gleich wertvolle Zeichnungen hat? Es gibt auch, in den Glaskästen von Cafés, Briefe, die etwas auf dem Kerbholz haben und vor aller Augen am Pranger stehen. Oder hat man sie deportiert und müssen sie in diesem Kasten Jahr und Tag auf einem gläsernen Salas y Gomez schmachten? Briefe, die lange uneröffnet blieben, bekommen etwas Brutales; sie sind Enterbte, die hämisch im stillen Rache für lange Leidenstage schmieden. Viele von ihnen stellen später in den Fenstern der Briefmarkenhändler die über und über von Stempeln gebrandmarkten Ganzsachen dar.

Man weiß, es gibt Sammler, die sich nur mit gestempelten Marken befassen und viel fehlt nicht, so wollte man glauben, sie sind die einzigen, die ins Geheimnis eingedrungen sind. Sie halten sich an den okkulten Teil der Marke; an den Stempel. Denn der Stempel ist deren Nachtseite. Es gibt feierliche, die um das Haupt der Queen Victoria einen Heiligenschein und prophetische, die eine Märtyrerkrone um Humbert legen. Aber keine sadistische Phantasie reicht an die schwarze Prozedur heran, die mit Striemen die Gesichter bedeckt und durch das Erdreich ganzer Kontinente Spalten reißt wie ein Erdbeben. Und die perverse Freude am Kontrast dieses geschändeten Markenkörpers mit seinem weißen, spitzengarnierten Tüllkleid: der Zahnung. Wer Stempeln nachgeht, muss als Detektiv Signalements der verrufensten Postanstalten, als Archäologe die Kunst, den Torso fremdester Ortsnamen zu bestimmen, als Kabbalist das Inventar der Daten für ein ganzes Jahrhundert besitzen.

Briefmarken starren von Zifferchen, winzigen Buchstaben, Blättchen und Äuglein. Sie sind graphische Zellengewebe. Das alles wimmelt durcheinander und lebt, wie niedere Tiere, selbst zerstückelt fort. Darum macht man aus Briefmarkenteilchen, die man zusammenklebt, so wirksame Bilder. Aber auf ihnen hat Leben immer den Einschlag von Verwesung zum Zeichen, dass es aus Abgestorbenem sich zusammensetzt. Ihre Porträts und obszönen Gruppen stecken voller Gebeine und Würmerhaufen.

Bricht in der Farbenfolge der langen Sätze sich vielleicht das Licht einer fremden Sonne? Wurden in den Postministerien des Kirchenstaats oder von Ecuador Strahlen aufgefangen, die wir andern nicht kennen? Und warum zeigt man uns nicht die Marken der besseren Planeten? Die tausend Stufen von Feuerrot, die auf der Venus in Umlauf sind und die vier großen grauen Werte vom Mars und die zifferlosen Saturnmarken?

Länder und Meere sind auf Marken nur die Provinzen, Könige nur die Söldner der Ziffern, die nach Gefallen ihre Farbe über sie ausgießen. Briefmarkenalben sind magische Nachschlagewerke, die Zahlen der Monarchen und Paläste, der Tiere und Allegorien und Staaten sind in ihnen niedergelegt. Der Postverkehr beruht auf deren Harmonie wie auf den Harmonien der himmlischen Zahlen der Verkehr der Planeten beruht.

Alte Groschenmarken, die im Oval nur ein oder zwei große Ziffern zeigen. Sie sehen aus wie jene ersten Photos, aus denen in den schwarz lackierten Rahmen Verwandte, die wir niemals kannten, auf uns herabsehen: Verzifferte Großtanten oder Voreltern. Auch Thurn und Taxis hat die großen Ziffern auf den Marken; da sind sie wie verhexte Taxameternummern. Man würde sich nicht wundern, wenn eines Abends das Licht einer Kerze dahinter durchscheint. Dann aber gibt es kleine Marken ohne Zahnung, ohne Angabe einer Währung und eines Landes. Im dichten Spinnennetz tragen sie nur eine Nummer. Das sind vielleicht die wahren Schicksalslose.

Schriftzüge auf den türkischen Piastermarken sind wie die schräg gestellte, allzuflotte, allzublitzende Busennadel auf der Krawatte eines gerissenen, halb nur europäisierten Kaufmanns aus Konstantinopel. Sie sind vom Schlage der postalischen Parvenus, der großen, schlechtgezähnten, schreienden Formate von Nicaragua oder Kolumbien, die sich zu Banknoten herausstaffieren.

Nachportomarken sind die Spirits unter den Briefmarken. Sie ändern sich nicht. Der Wechsel der Monarchen und Regierungsformen geht spurlos wie an Geistern an ihnen vorüber.

Das Kind sieht nach dem fernen Liberia durch ein verkehrt gehaltenes Opernglas: da liegt es hinter seinem Streifchen Meer mit seinen Palmen genau wie es Briefmarken zeigen. Mit Vasco da Gama segelt es um ein Dreieck, das gleichschenklig ist wie die Hoffnung und dessen Farben mit dem Wetter sich ändern.

Reiseprospekt vom Kap der Guten Hoffnung. Wenn es den Schwan auf australischen Marken sieht, dann ist das, auch auf den blauen, grünen und braunen Werten, der schwarze Schwan, der nur in Australien vorkommt und hier auf den Gewässern eines Teiches als auf dem stillsten Ozean dahinzieht.

Marken sind die Visitenkarten, die die großen Staaten in der Kinderstube abgeben.

Als Gulliver bereist das Kind Land und Volk seiner Briefmarken. Erdkunde und Geschichte der Liliputaner, die ganze Wissenschaft des kleinen Volks mit allen ihren Zahlen und Namen wird ihm im Schlafe eingegeben. Es nimmt an ihren Geschäften teil, wohnt ihren purpurnen Volksversammlungen bei, sieht dem Stapellauf ihrer Schiffchen zu und feiert mit ihren gekrönten Häuptern, die hinter Hecken thronen, Jubiläen.

Es gibt bekanntlich eine Briefmarkensprache, die sich zur Blumensprache verhält wie das Morsealphabet zu dem geschriebenen. Wie lange aber wird der Blumenflor zwischen den Telegraphenstangen noch leben? Sind nicht die großen künstlerischen Marken der Nachkriegszeit mit ihren vollen Farben schon die herbstlichen Astern und Dahlien dieser Flora? Stephan, ein Deutscher, und nicht zufällig ein Zeitgenosse Jean Pauls, hat in der sommerlichen Mitte des neunzehnten Jahrhunderts diese Saat gepflanzt. Sie wird das zwanzigste nicht überleben.

SI PARLA ITALIANO

Ich saß nachts mit heftigen Schmerzen auf einer Bank. Mir gegenüber auf einer zweiten nahmen zwei Mädchen Platz. Sie schienen sich vertraut besprechen zu wollen und begannen zu flüstern. Niemand außer mir war in der Nähe, und ich hätte ihr Italienisch nicht verstanden, so laut es sein mochte. Nun konnte ich bei diesem unmotivierten Flüstern in einer mir unzugänglichen Sprache mich des Gefühls nicht erwehren, es lege sich um die schmerzende Stelle ein kühler Verband.

TECHNISCHE NOTHILFE

Es gibt nichts Ärmeres als eine Wahrheit, ausgedrückt wie sie gedacht ward. In solchem Fall ist ihre Niederschrift noch nicht einmal eine schlechte Photographie. Auch weigert sich die Wahrheit (wie ein Kind, wie eine Frau, die uns nicht liebt) vorm Objektiv der Schrift, wenn wir uns unters schwarze Tuch gekauert haben, still und recht freundlich zu blicken. Jäh, wie mit einem Schlage will sie aus der Selbstversunkenheit gescheucht und sei es von Krawall, sei's von Musik, sei es von Hilferufen aufgeschreckt sein. Wer wollte die Alarmsignale zählen, mit denen das Innere des wahren Schriftstellers ausgestattet ist? Und ›Schreiben‹ heißt nichts anderes als sie in Funktion setzen. Dann fährt die süße Odaliske auf, reißt das Erste Beste an sich, was im Tohuwabohu ihres Boudoirs, unseres Gehirnkastens, ihr in die Hände fällt, nimmt's um und flüchtet so, unkenntlich fast, vor uns zu den Leuten. Wie wohl beschaffen muss sie aber sein und wie gesund gebaut, um so, verstellt, gehetzt, doch siegreich, liebenswürdig, unter sie zu treten.

KURZWAREN

Zitate in meiner Arbeit sind wie Räuber am Weg, die bewaffnet hervorbrechen und dem Müßiggänger die Überzeugung abnehmen.

Die Tötung des Verbrechers kann sittlich sein – niemals ihre Legitimierung.

Der Ernährer aller Menschen ist Gott und der Staat ihr Unterernährer.

Der Ausdruck der Leute, die sich in Gemäldegalerien bewegen, zeigt eine schlecht verhehlte Enttäuschung darüber, dass dort nur Bilder hängen.

Kein Zweifel: es besteht ein geheimer Zusammenhang zwischen dem Maß der Güter und dem Maß des Lebens, will sagen, zwischen Geld und Zeit. Je nichtiger die Zeit eines Lebens erfüllt ist, desto brüchiger, vielgestaltiger, disparater sind seine Augenblicke, während die große Periode das Dasein des überlegenen Menschen bezeichnet. Sehr richtig schlägt Lichtenberg vor, vom Verkleinern der Zeit zu reden statt vom Verkürzen und derselbe bemerkt: »Ein paar Dutzend Millionen Minuten machen ein Leben von fünfundvierzig Jahren und etwas darüber.« Wo ein Geld im Gebrauch ist, von dem ein Dutzend Millionen Einheiten nichts bedeutet, da wird das Leben nach Sekunden statt nach Jahren gezählt werden müssen, um als Summe respektabel zu erscheinen. Und demgemäß wird es verzettelt werden wie ein Bündel Banknoten: Österreich kann sich die Kronenrechnung nicht abgewöhnen.

Geld gehört mit Regen zusammen. Das Wetter selbst ist ein Index vom Zustande dieser Welt. Seligkeit ist wolkenlos, kennt kein Wetter. Es kommt auch ein wolkenloses Reich der vollkommenen Güter, auf die kein Geld fällt.

Es wäre eine beschreibende Analyse der Banknoten zu liefern. Ein Buch, dessen grenzenlose Kraft der Satire ihresgleichen nur in der Kraft seiner Sachlichkeit hätte. Denn nirgends mehr als in diesen Dokumenten gebärdet der Kapitalismus sich naiv in seinem heiligen Ernst. Was hier an unschuldigen Kleinen um Ziffern spielt, als Göttinnen Gesetzestafeln hält und an gereiften Helden vor Münzeinheiten sein Schwert in die Scheide steckt, das ist eine Welt für sich: Fassadenarchitektur der Hölle. – Wenn Lichtenberg das Papiergeld verbreitet gefunden hätte, wäre der Plan dieses Werkes ihm nicht entgangen.

Rechtsschutz für Unbemittelte

VERLEGER: Meine Erwartungen sind aufs schwerste enttäuscht worden. Ihre Sachen haben gar keine Wirkung beim Publikum; sie ziehen nicht im Geringsten. Und ich habe an Ausstattung nicht gespart. Ich habe mich für Reklamen verausgabt. – Sie wissen, wie ich nach wie vor Sie schätze. Sie werden es mir aber nicht verdenken können, wenn nun auch mein kaufmännisches Gewissen sich regt. Wenn irgendeiner, tue ich für die Autoren, was ich kann. Aber schließlich habe ich auch für Frau und Kinder zu sorgen. Ich will natürlich nicht sagen, dass ich die Verluste der letzten Jahre Ihnen nachtrage. Aber das bittere Gefühl einer Enttäuschung wird bleiben. Zurzeit kann ich Sie leider absolut nicht weiter unterstützen.

AUTOR: Mein Herr! Warum sind Sie Verleger geworden? Das werden wir umgehend heraushaben. Vorher gestatten Sie mir aber eins: Ich figuriere in Ihrem Archiv als Nr. 27. Sie haben fünf meiner Bücher verlegt; das heißt, Sie haben fünfmal auf 27 gesetzt. Ich bedaure, dass 27 nicht rauskam. Übrigens haben Sie mich nur cheval gesetzt. Nur weil ich neben Ihrer Glückszahl 28 liege. – Warum Sie Verleger geworden sind, das wissen Sie nun. Sie hätten ebensogut einen honetten Lebensberuf ergreifen können wie Ihr Herr Vater. Aber immer in den Tag hinein – so ist die Jugend. Frönen Sie weiter Ihren Gewohnheiten. Aber vermeiden Sie es, als ehrlichen Kaufmann sich auszugeben. Setzen Sie keine Unschuldsmiene auf, wenn Sie alles verjeut haben; erzählen Sie nichts von Ihrem achtstündigen Arbeitstag und von der Nacht, in der Sie auch kaum noch zur Ruhe kommen. »Vor allem eins, mein Kind, sei treu und wahr!« Und machen Sie Ihren Nummern keine Szene! Sonst wird man Sie rausschmeißen!

Nachtglocke zum Arzt

Die sexuelle Erfüllung entbindet den Mann von seinem Geheimnis, das in Sexualität nicht besteht, in ihrer Erfüllung aber, und vielleicht in ihr allein, durchschnitten – nicht gelöst – wird. Es ist der Fessel zu vergleichen, die ihn an das Leben bindet. Die Frau durchschneidet sie, der Mann wird frei zum Tode, weil sein Leben das Geheimnis verloren hat. Damit gelangt er zur Neugeburt, und wie die Geliebte ihn vom Banne der Mutter befreit, so löst die Frau buchstäblicher von der Mutter Erde ihn, die Hebamme, welche jene Nabelschnur durchschneidet, die aus Naturgeheimnis geflochten ist.

Madame Ariane zweiter Hof links

Wer weise Frauen nach der Zukunft fragt, gibt ohne es zu wissen, eine innere Kunde vom Kommenden preis, die tausendmal präziser ist als alles, was er dort zu hören bekommt. Ihn leitet mehr die Trägheit als die Neugier und nichts sieht weniger dem ergebenen Stumpfsinn ähnlich, mit dem er der Enthüllung seines Schicksals beiwohnt, als der gefährliche, hurtige Handgriff, mit dem der Mutige die Zukunft stellt. Denn Geistesgegenwart ist ihr Extrakt; genau zu merken, was in der Sekunde sich vollzieht, entscheidender als Fernstes vorherzuwissen. Vorzeichen, Ahnungen, Signale gehen ja Tag und Nacht durch unsern Organismus wie Wellenstöße. Sie deuten oder sie nutzen, das ist die Frage. Beides aber ist unvereinbar. Feigheit und Trägheit raten das eine, Nüchternheit und Freiheit das andere. Denn ehe solche Prophezeiung oder Warnung ein Mittelbares, Wort oder Bild, ward, ist ihre beste Kraft schon abgestorben, die Kraft, mit der sie uns im Zentrum trifft und zwingt, kaum wissen wir es, wie, nach ihr zu handeln. Versäumen wir's, dann, und nur dann, entziffert sie sich. Wir lesen sie. Aber nun ist es zu spät. Daher, wenn unversehens Feuer ausbricht oder aus heiterm Himmel eine Todesnachricht kommt, im ersten stummen Schrecken ein Schuldgefühl, der gestaltlose Vorwurf: Hast du im Grunde nicht darum gewusst? Klang nicht, als du zum letzten Male von dem Toten sprachst, sein Name in deinem Munde schon anders? Winkt dir nicht aus den Flammen Gestern-Abend, dessen Sprache du jetzt erst verstehst? Und ging ein Gegenstand, der dir lieb war, verloren, war dann nicht Stunden, Tage vorher schon ein Hof, Spott oder Trauer, um ihn, der es verriet? Wie ultraviolette Strahlen zeigt Erinnerung im Buch des Lebens jedem eine Schrift, die unsichtbar, als Prophetie, den Text glossierte. Aber nicht ungestraft vertauscht man die Intentionen, liefert das ungelebte Leben an Karten, Spirits, Sterne aus, die es in einem Nu verleben und vernutzen, um es geschändet uns zurückzustellen; betrügt nicht ungestraft den Leib um seine Macht, mit den Geschicken sich auf seinem eigenen Grund zu messen und zu siegen. Der Augenblick ist das kaudinische Joch, unter dem sich das Schicksal ihm beugt. Die Zukunftsdrohung ins erfüllte Jetzt zu wandeln, dies einzig wünschenswerte telepathische Wunder ist Werk leibhafter Geistesgegenwart. Urzeiten, da ein solches Verhalten in den alltäglichen Haushalt des Menschen gehörte, gaben im nackten Leibe ihm das verlässlichste Instrument der Divination. Noch die Antike kannte die wahre Praxis, und Scipio, der Karthagos Boden strauchelnd betritt, ruft, weit im Sturze die Arme breitend, die Siegeslosung: Teneo te, Terra Africana! Was Schreckenszeichen, Unglücksbild hat werden wollen, bindet er leibhaft an die Sekunde und macht sich selber zum Faktotum seines Leibes. Eben darin haben von jeher die alten asketischen Übungen des Fastens, der Keuschheit, des Wachens ihre höchsten Triumphe gefeiert. Der Tag liegt jeden Morgen wie ein frisches Hemd auf unserm Bett; dies unvergleichlich feine, unvergleichlich dichte Gewebe reinlicher Weissagung sitzt uns wie angegossen. Das Glück der nächsten vierundzwanzig Stunden hängt daran, dass wir es im Erwachen aufzugreifen wissen.

MASKEN-GARDEROBE

Wer eine Todesnachricht überbringt, erscheint sich sehr wichtig. Sein Gefühl macht ihn – selbst wider allen Verstand – zum Botschafter aus dem Reiche der Toten. Denn die Gemeinschaft aller Toten ist so riesig, dass sogar der, der nur vom Tod berichtet, sie verspürt. ›Ad plures ire‹ hieß bei den Lateinern sterben.

In Bellinzona bemerkte ich drei Geistliche in der Wartehalle des Bahnhofs. Sie saßen auf einer Bank schräg gegenüber von meinem Platz. Ich beobachtete hingegeben die Geste dessen, der in der Mitte saß und durch ein rotes Käppchen vor seinen Brüdern ausgezeichnet war. Er spricht zu ihnen, indem er die Hände über dem Schoß gefaltet hält und nur ab und zu die eine oder die andere ganz wenig hebt und bewegt. Ich denke: Die rechte Hand muss immer wissen, was die Linke tut.

Wer kam nicht schon einmal aus der Métro ins Freie und war betroffen, oben in das volle Sonnenlicht zu treten. Und dennoch schien die Sonne vor ein paar Minuten, als er hinunterstieg, genau so hell. So schnell hat er das Wetter auf der Oberwelt vergessen. So schnell wird wiederum sie selber ihn vergessen. Denn wer kann mehr von seinem Dasein sagen, als dass er zwei, drei andern durch ihr Leben so zärtlich und so nah wie das Wetter gezogen ist.

Immer wieder, bei Shakespeare, bei Calderon füllen Kämpfe den letzten Akt und Könige, Prinzen, Knappen und Gefolge ›treten fliehend auf‹. Der Augenblick, da sie Zuschauern sichtbar werden, lässt sie einhalten. Der Flucht der dramatischen Personen gebietet die Szene halt. Ihr Eintritt in den Blickraum Unbeteiligter und wahrhaft Überlegener lässt die Preisgegebenen aufatmen und umfängt sie mit neuer Luft. Daher hat die Bühnenerscheinung der ›fliehend‹ Auftretenden ihre verborgene Bedeutung. In das Lesen dieser Formel spielt die Erwartung von einem Orte, einem Licht oder Rampenlicht herein, in welchem auch unsere Flucht durch das Leben vor betrachtenden Fremdlingen geborgen wäre.

WETTANNAHME

Das bürgerliche Dasein ist das Regime der Privatangelegenheiten. Je wichtiger und folgenreicher eine Verhaltungsart ist, desto mehr enthebt es sie der Kontrolle. Politisches Bekenntnis, Finanzlage, Religion – das alles will sich verkriechen, und die Familie ist der morsche, finstere Bau, in dessen Verschlägen und Winkeln die schäbigsten Instinkte sich festgesetzt haben. Das Philisterium proklamiert restlose Privatisierung des Liebeslebens. So ist ihm Werbung zu einem stummen, verbissenen Vorgang unter vier Augen geworden, und diese durch und durch private, aller Verantwortung entbundene Werbung ist das eigentlich Neue am »Flirt«. Dagegen sind der proletarische und der feudale Typ sich darin gleich, dass in der Werbung sie viel weniger die Frau als ihre Konkurrenten überwinden. Das aber heißt die Frau viel tiefer respektieren als in ihrer ›Freiheit‹, heißt ihr zu Willen sein, ohne sie zu befragen. Feudal und proletarisch ist die Verlegung der erotischen Akzente ins Öffentliche. Mit einer Frau bei der und der Gelegenheit sich zeigen, kann mehr bedeuten, als mit ihr zu schlafen. So liegt auch bei der Ehe der Wert nicht in der unfruchtbaren

›Harmonie‹ der Gatten: als exzentrische Auswirkung ihrer Kämpfe und Konkurrenzen tritt, wie das Kind, so auch die geistige Gewalt der Ehe zutage.

STEHBIERHALLE

Matrosen kommen selten an Land; der Dienst auf hoher See ist Sonntagsurlaub verglichen mit der Arbeit in Häfen, wo oft bei Tag und Nacht muss ein- und ausgeladen werden. Wenn dann der Landurlaub für einen Trupp auf ein paar Stunden kommt, ist es schon dunkel. Im besten Falle steht die Kathedrale als finsteres Massiv am Weg zur Wirtschaft. Das Bierhaus ist der Schlüssel jeder Stadt; zu wissen, wo es deutsches Bier zu trinken gibt, Länder- und Völkerkunde genug. Die deutsche Seemannskneipe rollt den nächtlichen Stadtplan auf: von dort bis zum Bordell, bis in die anderen Kneipen durchzufinden ist nicht schwer. Ihr Name kreuzt seit Tagen in den Tischgesprächen. Denn wenn man einen Hafen verlassen hat, hisst einer nach dem anderen wie kleine Wimpel Spitznamen von Lokalen und von Tanzböden, von schönen Weibern und von Nationalgerichten aus dem nächsten. Aber wer weiß, ob man diesmal an Land kommt. Drum sind schon, wenn das Schiff kaum eben deklariert und angelaufen hat, Händler mit Andenken an Bord gekommen: Ketten und Ansichtskarten, Ölbilder, Messer und Marmorfigürchen. Die Stadt wird nicht besichtigt sondern eingekauft. Im Koffer des Matrosen liegt der Ledergurt aus Hongkong neben dem Panorama von Palermo und einem Mädchenphoto aus Stettin. Genau so ist ihr wirkliches Zuhause. Sie wissen nichts von einer Nebelferne, in der dem Bürger fremde Welten liegen. Was sich in jeder Stadt am ersten durchsetzt, ist der Dienst an Bord und dann das deutsche Bier, die englische Rasierseife und der holländische Tabak. Bis in die Knochen ist die internationale Norm der Industrie für sie präsent, sie sind nicht dupe der Palmen und

Eisberge. Der Seemann hat die Nähe ›gefressen‹, und zu ihm reden nur exakteste Nuancen. Er kann die Länder besser nach der Zubereitung ihrer Fische als nach dem Hausbau und Dekor der Landschaft unterscheiden. Er ist dermaßen im Detail zu Hause, dass ihm im Ozean die Routen, wo er andere Schiffe schneidet (und mit Sirenengeheul die seiner eigenen Firma begrüßt), lärmende Fahrstraßen werden, auf denen man ausweichen muss. Er wohnt auf offenem Meer in einer Stadt, wo auf der marseillaiser Cannebière eine Kneipe aus Port Said schräg gegenüber einem hamburger Freudenhaus und das napoletanische Castel dell'Ovo auf der Plaza Cataluña Barcelonas sich befindet. Bei Offizieren hat die Heimatstadt noch den Primat. Dem Leichtmatrosen aber, oder dem Heizer, den Leuten, deren transportierte Arbeitskraft im Schiffsrumpf Fühlung mit der Ware hält, sind die verschränkten Häfen nicht einmal mehr Heimat sondern Wiege. Und wenn man ihnen zuhört, wird man inne, welche Verlogenheit im Reisen steckt.

Betteln und Hausieren verboten!

Den Bettler ehrten alle Religionen hoch. Denn er belegt, dass Geist und Grundsatz, Konsequenzen und Prinzip in einer so nüchternen und banalen als heiligen und lebenspendenden Sache, wie das Almosengeben es war, schmählich versagen.

Man führt Klage über die Bettler im Süden und man vergisst, dass ihr Beharren vor unserer Nase so gerechtfertigt ist, wie die Obstination des Gelehrten vor schwierigen Texten. Kein Schatten des Zögerns, kein leisestes Wollen oder Erwägen, das sie in unseren Mienen nicht ausspürten. Die Telepathie des Kutschers, der uns mit seinem Ruf erst deutlich macht, dass wir nicht abgeneigt zu fahren sind, des Krämers, der aus seinem Plunder die einzige Kette oder Kamee, die uns reizen könnte, heraushebt, sind vom gleichen Schlage.

Wenn man, wie einst Hillel die jüdische Lehre, die Lehre der Antike in aller Kürze, auf einem Beine fußend, auszusprechen hätte, der Satz müsste lauten: »Denen allein wird die Erde gehören, die aus den Kräften des Kosmos leben.« Nichts unterscheidet den antiken so vom neueren Menschen, als seine Hingegebenheit an eine kosmische Erfahrung, die der spätere kaum kennt. Ihr Versinken kündigt schon in der Blüte der Astronomie zu Beginn der Neuzeit sich an. Kepler, Kopernikus, Tycho de Brahe waren gewiss nicht von wissenschaftlichen Impulsen allein getrieben. Aber dennoch liegt im ausschließlichen Betonen einer optischen Verbundenheit mit dem Weltall, zu dem die Astronomie sehr bald geführt hat, ein Vorzeichen dessen, was kommen musste. Antiker Umgang mit dem Kosmos vollzog sich anders: im Rausche. Ist doch Rausch die Erfahrung, in welcher wir allein des Allernächsten und des Allerfernsten, und nie des einen ohne des andern, uns versichern. Das will aber sagen, dass rauschhaft mit dem Kosmos der Mensch nur in der Gemeinschaft kommunizieren kann. Es ist die drohende Verirrung der Neueren, diese Erfahrung für belanglos, für abwendbar zu halten und sie dem Einzelnen als Schwärmerei in schönen Sternennächten anheimzustellen. Nein, sie wird je und je von neuem fällig, und dann entgehen Völker und Geschlechter ihr so wenig, wie es am letzten Krieg aufs fürchterlichste sich bekundet hat, der ein Versuch zu neuer, nie erhörter Vermählung mit den kosmischen Gewalten war. Menschenmassen, Gase, elektrische Kräfte wurden ins freie Feld geworfen, Hochfrequenzströme durchfuhren die Landschaft, neue Gestirne gingen am Himmel auf, Luftraum und Meerestiefen brausten von Propellern, und allenthalben grub man Opferschächte in die Muttererde. Dies große Werben um den Kosmos vollzog zum ersten Male sich in planetarischem Maßstab, nämlich im Geiste der Technik. Weil aber die Profitgier der herrschenden Klasse an ihr ihren Willen zu büßen gedachte, hat die Technik die Menschheit verraten und das Brautlager in ein Blutmeer verwandelt. Naturbeherrschung, so lehren die Imperialisten, ist Sinn aller Technik. Wer möchte aber einem Prügelmeister trauen, der Beherrschung der Kinder durch die Erwachsenen für den Sinn der Erziehung erklären würde? Ist nicht Erziehung vor allem die unerlässliche Ordnung des Verhältnisses zwischen den Generationen und also, wenn man von Beherrschung reden will, Beherrschung der Generationsverhältnisse und nicht der Kinder? Und so auch Technik nicht Naturbeherrschung: Beherrschung vom Verhältnis von Natur und Menschheit. Menschen als Spezies stehen zwar seit Jahrzehntausenden am Ende ihrer Entwicklung; Menschheit als Spezies aber steht an deren Anfang. Ihr organisiert in der Technik sich eine Physis, in welcher ihr Kontakt mit dem Kosmos sich neu und anders bildet als in Völkern und Familien. Genug, an die Erfahrung von Geschwindigkeiten zu erinnern, kraft deren nun die Menschheit zu unabsehbaren Fahrten ins Innere der Zeit sich rüstet, um dort auf Rhythmen zu stoßen, an denen Kranke wie vordem auf hohen Gebirgen oder an südlichen Meeren sich kräftigen werden. Die Lunaparks sind eine Vorform von Sanatorien. Der Schauer echter kosmischer Erfahrung ist nicht an jenes winzige Naturfragment gebunden, das wir »Natur« zu nennen gewohnt sind. In den Vernichtungsnächten des letzten Krieges erschütterte den Gliederbau der Menschheit ein Gefühl, das dem Glück der Epileptiker gleichsah. Und die Revolten, die ihm folgten, waren der erste Versuch, den neuen Leib in ihre Gewalt zu bringen. Die Macht des Proletariats ist der Gradmesser seiner Gesundung. Ergreift ihn dessen Disziplin nicht bis ins Mark, so wird kein pazifistisches Raisonnement ihn retten. Den Taumel der Vernichtung überwindet Lebendiges nur im Rausche der Zeugung.

Berliner Kindheit
um Neunzehnhundert

Meinem lieben Stefan

O braungebackne Siegessäule
mit Winterzucker aus den Kindertagen.

Sich in einer Stadt nicht zurechtfinden heißt nicht viel. In einer Stadt sich aber zu verirren, wie man in einem Walde sich verirrt, braucht Schulung. Da müssen Straßennamen zu dem Irrenden so sprechen wie das Knacken trockner Reiser und kleine Straßen im Stadtinnern ihm die Tageszeiten so deutlich wie eine Bergmulde widerspiegeln. Diese Kunst habe ich spät erlernt; sie hat den Traum erfüllt, von dem die ersten Spuren Labyrinthe auf den Löschblättern meiner Hefte waren. Nein, nicht die ersten, denn vor ihnen war das eine, welches sie überdauert hat. Der Weg in dieses Labyrinth, dem seine Ariadne nicht gefehlt hat, führte über die Bendlerbrücke, deren linde Wölbung die erste Hügelflanke für mich wurde. Unweit von ihrem Fuße lag das Ziel: der Friedrich Wilhelm und die Königin Luise. Auf ihren runden Sockeln ragten sie aus den Beeten wie gebannt von magischen Kurven, die ein Wasserlauf vor ihnen in den Sand schrieb. Lieber als an die Herrscher wandte ich mich aber an ihre Sockel, weil, was darauf vorging, wenn auch undeutlich im Zusammenhange näher im Raum war. Dass es mit diesem Irrgang etwas auf sich hat, erkannte ich seit jeher an dem breiten, banalen Vorplatz, der durch nichts verriet, dass hier, nur wenige Schritte von dem Korso der Droschken und Karossen abgelegen, der sonderbarste Teil des Parkes schläft. Davon empfing ich schon sehr früh ein Zeichen. Hier nämlich oder unweit muss ihr Lager jene Ariadne abgehalten haben, in deren Nähe ich zum ersten Male, und um es nie mehr zu vergessen, das begriff, was mir als Wort erst später zufiel: Liebe. Doch gleich an seiner Quelle taucht das »Fräulein« auf, das sich als kalter Schatten auf sie legte. Und so war dieser Park, der wie kein anderer den Kindern offen scheint, auch sonst für mich mit Schwierigem, Undurchführbarem verstellt. Wie selten unterschied ich die Fische im Goldfischteich. Wie viel versprach die Hofjägerallee mit ihrem Namen und wie wenig hielt sie. Wie oft suchte ich das Gebüsch umsonst, in dem mit roten, weißen, blauen Türmchen ein Kiosk im Stil der Ankersteinbaukästen stand. Wie hoffnungslos kehrt mit jedem Frühling meine Liebe zum Prinzen Louis Ferdinand zurück, zu dessen Füßen die ersten Krokus und Narzissen standen. Ein Wasserlauf, der mich von ihnen trennte, machte sie mir so unberührbar, als wenn sie unter einem Glassturz gestanden hätten. So kalt im Schönen musste fußen, was fürstlich ist, und ich begriff, warum Luise von Landau, mit der ich im Zirkel saß, bis sie gestorben war, am Lützowufer schräg gegenüber von der kleinen Wildnis hatte wohnen müssen, die ihre Blüten von den Wassern des Kanals betreuen lässt. Später entdeckte ich neue Winkel; über andere habe ich zugelernt. Jedoch kein Mädchen, kein Erlebnis und kein Buch konnte mir über diesen Neues sagen. Als darum dreißig Jahr danach ein Landeskundiger, ein Bauer von Berlin, sich meiner annahm, um nach langer gemeinsamer Entfernung aus der Stadt mit mir zurückzukehren, durchfurchten seine Pfade diesen Garten, in welchen er die Saat des Schweigens säte. Er ging die Steige voran, und ein jeder war ihm abschüssig. Sie führten hinab, wenn schon nicht zu den Müttern allen Seins, gewiss zu denen dieses Gartens. Im Asphalt, über den er hinging, weckten seine Schritte ein Echo. Das Gas, welches auf unser Pflaster schien, warf ein zweideutiges Licht auf diesen Boden. Die kleinen Treppen, die säulengetragenen Vorhallen, die Friese und Architrave der Tiergartenvillen – von uns zum ersten Male wurden sie beim Wort genommen. Vor allem aber die Treppenhäuser, die mit ihren Scheiben die alten waren, wenn sich auch im Innern, das man bewohnte, viel geändert hatte. Die Verse weiß ich noch, die nach der Schule die Intervalle meines Herzschlags füllten, wenn ich im Treppensteigen innehielt. Sie dämmerten mir von der Scheibe, wo ein Weib, schwebend wie die Sixtinische Madonna, einen Kranz in Händen haltend, aus der Nische trat. Die Riemen meiner Mappe mit den Daumen auf meinen Schultern lüftend, las ich ab: »Arbeit ist des Bürgers Zierde / Segen ist der Mühe Preis.« Die Haustür unten sank mit einem Seufzen, wie ein Gespenst ins Grab, zurück ins Schloss. Draußen regnete es vielleicht. Eine der bunten Scheiben stand offen, und beim Takte der Tropfen ging es weiter die Treppe herauf. Unter den Karyatiden und Atlanten, den Putten und Pomonen aber, die mich damals angesehen hatten, waren mir nun die liebsten jene angestaubten aus dem Geschlecht der Schwellenkundigen, die den Schritt ins Dasein oder in ein Haus behüten. Denn sie verstanden sich aufs Warten. Und so war es ihnen eins, ob sie auf einen Fremden warteten, die Wiederkehr der alten Götter oder auf das Kind, das sich vor dreißig Jahren mit der Mappe an ihrem Fuß vorbeigeschoben hat. In ihrem Zeichen wurde der alte Westen zum antiken, aus dem die westlichen Winde den Schiffern kommen, die ihren Kahn mit den Äpfeln der Hesperiden langsam den Landwehrkanal heraufflößen, um bei der Brücke des Herakles anzulegen. Und wieder hatten, wie in meiner Kindheit, die Hydra und der Nemeische Löwe Platz in der Wildnis um den Großen Stern.

KAISERPANORAMA

Es war ein großer Reiz der Reisebilder, die man im Kaiserpanorama fand, dass gleichviel galt, bei welchem man die Runde anfing. Denn weil die Schauwand mit den Sitzgelegenheiten davor im Kreis verlief, passierte jedes sämtliche Stationen, von denen man durch je ein Fensterpaar in seine schwachgetönte Ferne sah. Platz fand man immer. Und besonders gegen das Ende meiner Kindheit, als die Mode den Kaiserpanoramen schon den Rücken kehrte, gewöhnte man sich, im halbleeren Zimmer rundzureisen. Musik, die später Reisen mit dem Film erschlaffend machte, weil durch sie das Bild, an dem die Phantasie sich nähren konnte, sich zersetzt – Musik gab es im Kaiserpanorama nicht. Mir aber scheint ein kleiner, eigentlich störender Effekt all dem verlogenen Zauber überlegen, den um Oasen Pastorales oder um Mauerreste Trauermärsche weben. Das war ein Klingeln, welches wenige Sekunden, eh das Bild ruckweise abzog, um erst eine Lücke und dann das nächste freizugeben, anschlug.

Und jedesmal, wenn es erklang, durchtränkten die Berge bis auf ihren Fuß, die Städte in allen ihren spiegelblanken Fenstern, die fernen, malerischen Eingeborenen, die Bahnhöfe mit ihrem gelben Qualm, die Rebenhügel bis ins kleinste Blatt sich tief mit wehmutsvoller Abschiedsstimmung. Zum zweitenmal kam ich zur Überzeugung – denn vorher brachte sie fast regelmäßig der Anblick schon des ersten Bildes auf – dass es unmöglich sei, die Herrlichkeiten in dieser einen Sitzung auszuschöpfen. Und dann entstand der – nie befolgte – Vorsatz, am nächsten Tage nochmals herzukommen. Doch ehe ich mir völlig schlüssig war, erbebte der ganze Bau, von dem mich nur die Holzverschalung trennte; das Bild in seinem kleinen Rahmen wankte, um alsbald nach links vor meinen Blicken sich davonzumachen. Die Künste, die hier überdauerten, sind mit dem neunzehnten Jahrhundert aufgestanden. Nicht eben frühe, aber doch zur Zeit, um noch das Biedermeier zu begrüßen. Im Jahre 1822 hatte Daguerre sein Panorama in Paris eröffnet. Seitdem sind diese klaren, schimmernden Kassetten, die Aquarien der Ferne und Vergangenheit, auf allen modischen Korsos und Promenaden heimisch. Und hier wie in Passagen und Kiosken haben sie Snobs und Künstler gern beschäftigt, ehe sie die Kammer wurden, wo im Innern die Kinder mit dem Erdball Freundschaft schlossen, von dessen Kreisen der erfreulichste – der schönste, bilderreichste Meridian – sich durch das Kaiserpanorama zog. Als ich zum erstenmal dort eintrat, war die Zeit der zierlichsten Veduten längst vorbei. Der Zauber aber, dessen letztes Publikum die Kinder waren, hatte nichts verloren. So wollte er mich eines Nachmittags vorm Transparent des Städtchens Aix bereden, ich hätte in dem olivenfarbenen Lichte, das durch die Platanenblätter auf den breiten Cours Mirabeau herabströmt, schon einmal zu einer Zeit gespielt, die freilich nichts mit andern Zeiten meines Lebens teilte. Denn dies war an den Reisen sonderbar: dass ihre ferne Welt nicht immer fremd und dass die Sehnsucht, die sie in mir weckte, nicht immer eine lockende ins Unbekannte, vielmehr bisweilen jene lindere nach einer Rückkehr ins Zuhause war.

Das aber ist vielleicht das Werk des Gaslichts gewesen, das so sanft auf alles fiel. Und wenn es regnete, so brauchte ich mich nicht bei den Affichen aufzuhalten, auf welchen alle fünfzig Bilder pünktlich, in zwei Kolonnen, eingetragen waren – ich trat ins Innere und fand nun dort in Fjorden und auf Kokospalmen dasselbe Licht, das abends bei den Schularbeiten mir das Pult erhellte. Es sei denn, ein Defekt in der Beleuchtung erzeugte plötzlich jene seltene Dämmerung, in der die Farbe aus der Landschaft schwand. Dann lag sie unter einem Aschenhimmel verschwiegen da; es war, als hätte ich noch eben Wind und Glocken hören können, wenn ich nur besser achtgegeben hätte.

DIE SIEGESSÄULE

Sie stand auf dem weiten Platz wie das rote Datum auf dem Abreißkalender. Mit dem letzten Sedantag hätte man sie abreißen sollen. Als ich klein war, konnte man aber ein Jahr ohne Sedantag sich nicht vorstellen. Nach Sedan blieben nur Paraden übrig. Als darum neunzehnhundertzwei Ohm Krüger nach dem verlorenen Burenkrieg die Tauentzienstraße entlanggefahren kam, da stand auch ich mit meiner Gouvernante in der Reihe. Denn unausdenkbar, einen Herrn nicht zu bestaunen, der im Zylinder in den Polstern lehnte und »einen Krieg geführt hatte«. So sagte man. Mir aber schien das prächtig und zugleich nicht ganz manierlich; so wie wenn der Mann ein Nashorn oder Dromedar »geführt« hätte und damit so berühmt geworden wäre. Was konnte denn nach Sedan kommen? Mit der Niederlage der Franzosen schien die Weltgeschichte in ihr glorreiches Grab gesunken, über dem diese Säule die Stele war und auf das die Siegesallee mündete. Als Quartaner beschritt ich die breiten Stufen, die zu ihren marmornen Herrschern führten, nicht ohne dunkel vorher zu fühlen, wie mancher privilegierte Aufgang sich später mir gleich diesen Freitreppchen erschließen werde, und dann wandte ich mich zu den beiden Vasallen, die zur Rechten und Linken die Rückwand krönten, teils weil sie niedriger als ihre Herrscher und bequem in Augenschein zu nehmen waren, teils weil die Gewissheit mich erfüllte, meine Eltern von den gegenwärtigen Machthabern nicht soviel weiter entfernt zu wissen als diese Würdenträger von den ehemaligen. Ich liebte aber unter ihnen am meisten den, der die unermessliche Kluft zwischen Schüler und Staatsperson auf seine eigene Weise überbrückte. Das war ein Bischof, welcher in der Hand den Dom hielt, der ihm unterstellt und hier so klein war, dass ich ihn mit dem Ankersteinbaukasten hätte bauen können. Seitdem bin ich auf keine Heilige Katharina gestoßen, ohne nach ihrem Rad, auf keine Heilige Barbara, ohne nach ihrem Turm mich umzusehen. Man hatte nicht versäumt, mir zu erklären, woher der Schmuck der Siegessäule stammt. Ich hatte aber nicht genau erfasst, was es mit den Kanonenrohren, die ihn bilden, auf sich hatte: ob die Franzosen mit goldenen in den Krieg gezogen waren oder ob das Gold, welches wir ihnen abgenommen hatten, von uns erst zu Kanonen war gegossen worden. Es ging mir damit wie mit meinem Prachtwerk, der illustrierten Chronik dieses Krieges, die so schwer auf mir lag, weil ich sie nie beendete. Sie interessierte mich; ich kannte mich gut auf den Plänen ihrer Schlachten aus; und dennoch wuchs die Unlust, die für mich von ihrem goldgepressten Deckel ausging. Noch weniger glimpflich aber dämmerte das Gold vom Freskenzyklus des Umgangs, der den unteren Teil der Siegessäule verkleidete. Ich habe diesen Raum, den ein gedämpftes, von seiner Rückwand reflektiertes Licht erfüllte, nie betreten; ich fürchtete, dort Schilderungen in der Art derjenigen zu finden, die ich nie ohne Entsetzen in den Stahlstichen Dorés zu Dantes »Hölle« aufgeschlagen hatte. Es schienen mir die Helden, deren Taten dort in der Säulenhalle dämmerten, im Stillen ebenso verrufen wie die Scharen, die von Wirbelwinden gepeitscht, in blutende Baumstümpfe eingefleischt, in Gletscherblöcken vereist im finsteren Trichter schmachteten. So war denn dieser Umgang das Inferno, das rechte Widerspiel des Gnadenkreises, der oben um die strahlende Viktoria lief. An manchen Tagen standen Leute droben. Vorm

Himmel schienen sie mir schwarz umrandet wie die Figurinen der Klebebilderbogen. Nahm ich nicht Schere oder Leimtopf nur zur Hand, um, nach getaner Arbeit, solche Püppchen vor den Portalen, hinter Büschen, zwischen Pfeilern, und wo es sonst mich lockte, zu verteilen? Geschöpfe solcher seligen Willkür waren droben im Licht die Leute. Ewiger Sonntag war um sie. Oder war es nicht ein ewiger Sedantag?

DAS TELEPHON

Es mag am Bau der Apparate oder der Erinnerung liegen – gewiss ist, dass im Nachhall die Geräusche der ersten Telephongespräche mir sehr anders in den Ohren liegen als die heutigen. Es waren Nachtgeräusche. Keine Muse vermeldet sie. Die Nacht, aus der sie kamen, war die gleiche, die jeder wahren Neugeburt vorhergeht. Und eine neugeborene war die Stimme, die in den Apparaten schlummerte. Auf Tag und Stunde war das Telephon mein Zwillingsbruder. Und so dürfte ich erleben, wie es die Erniedrigung der Frühzeit in seiner stolzen Laufbahn überwand. Denn als Kronleuchter, Ofenschirm und Zimmerpalme, Konsole, Gueridon und Erkerbrüstung, die damals in den Vorderzimmern prangten, schon längst verdorben und gestorben waren, hielt, einem sagenhaften Helden gleich, der in der Bergschlucht ausgesetzt gewesen, den dunklen Korridor im Rücken lassend, der Apparat den königlichen Einzug in die gelichteten und helleren, nun von einem jüngeren Geschlecht bewohnten Räume. Ihm wurde er der Trost der Einsamkeit. Den Hoffnungslosen, die diese schlechte Welt verlassen wollten, blinkte er mit dem Licht der letzten Hoffnung. Mit den Verlassenen teilte er ihr Bett. Auch stand er im Begriff, die schrille Stimme, die er aus dem Exil behalten hatte, zu einem warmen Summen abzudämpfen. Denn was bedurfte es noch mehr an Stätten, wo alles seinem Anruf entgegenträumte oder ihn zitternd wie ein Sünder erwartete. Nicht viele, die heute ihn benutzen, wissen noch, welche Verheerungen einst sein Erscheinen im Schoße der Familien verursacht hat. Der Laut, mit dem er zwischen zwei und vier, wenn wieder ein Schulfreund mich zu sprechen wünschte, anschlug, war ein Alarmsignal, das nicht allein die Mittagsruhe meiner Eltern, sondern die weltgeschichtliche Epoche störte, in deren Mitte sie sich ihr ergaben. Meinungsverschiedenheiten mit den Ämtern waren die Regel, ganz zu schweigen von den Drohungen und Donnerworten, die mein Vater gegen die Beschwerdestelle ausstieß. Doch seine eigentlichen Orgien galten der Kurbel, der er sich minutenlang und bis zur Selbstvergessenheit verschrieb. Und seine Hand war wie ein Derwisch, der der Wollust seines Taumels unterliegt. Mir aber schlug das Herz, ich war gewiss, in solchen Fällen drohe der Beamtin als Strafe ihrer Säumigkeit ein Schlag. In diesen Zeiten hing das Telephon entstellt und ausgestoßen zwischen der Truhe für die schmutzige Wäsche und dem Gasometer in einem Winkel des Hinterkorridors, von wo sein Läuten die Schrecken der Berliner Wohnung nur steigerte. Wenn ich dann, meiner Sinne kaum mehr mächtig, nach langem Tasten durch den finstern Schlauch, anlangte, um den Aufruhr abzustellen, die beiden Hörer, welche das Gewicht von Hanteln hatten, abriss und den Kopf dazwischen presste, war ich gnadenlos der Stimme ausgeliefert, die da sprach. Nichts war, was die unheimliche Gewalt, mit der sie auf mich eindrang, milderte. Ohnmächtig litt ich, wie sie die Besinnung auf Zeit und Pflicht und Vorsatz mir entwand, die eigene Überlegung nichtig machte, und wie das Medium der Stimme, die von drüben seiner sich bemächtigt, folgt, ergab ich mich dem ersten besten Vorschlag, der durch das Telephon an mich erging.

SCHMETTERLINGSJAGD

Gelegentlicher Sommerreisen unbeschadet, bezogen wir, ehe ich zur Schule ging, alljährlich Sommerwohnungen in der Umgebung. An sie erinnerte noch lange an der Wand meines Knabenzimmers der geräumige Kasten mit den Anfängen einer Schmetterlingssammlung, deren älteste Exemplare in dem Garten am Brauhausberge erbeutet waren. Kohlweißlinge mit abgestoßenen Rändern, Zitronenfalter mit zu blanken Flügeln vergegenwärtigten die heißen Jagden, die mich so oft von den gepflegten Gartenwegen fort in eine Wildnis gelockt hatten, in welcher ich ohnmächtig der Verschwörung von Wind und Düften, Laub und Sonne gegenüberstand, die dem Flug der Schmetterlinge gebieten mochten. Sie flatterten auf eine Blüte zu, sie standen über ihr. Den Kescher angehoben, erwartete ich nur noch, dass der Bann, der von der Blüte auf das Flügelpaar zu wirken schien, sein Werk vollendet habe, da entglitt der zarte Leib mit leisen Stößen seitwärts, um genau so reglos eine andere Blüte zu beschatten und genau so plötzlich, ohne sie berührt zu haben, sie zu lassen. Wenn so ein Fuchs oder Ligusterschwärmer, den ich gemächlich hätte überholen können, durch Zögern, Schwanken und Verweilen mich zum Narren machte, dann hätte ich gewünscht, in Licht und Luft mich aufzulösen, nur um ungemerkt der Beute mich zu nähern und sie überwältigen zu können. Und so weit ging der Wunsch mir in Erfüllung, dass jedes Schwingen oder Wiegen der Flügel, in die ich vergafft; war, mich selbst anwehte oder überrieselte. Es begann die alte Jägersatzung zwischen uns zu herrschen: je mehr ich selbst in allen Fibern mich dem Tier anschmiegte, je falterhafter ich im Innern wurde, desto mehr nahm dieser Schmetterling in Tun und Lassen die Farbe menschlicher Entschließung an, und endlich war es, als ob sein Fang der Preis sei, um den einzig ich meines Menschendaseins wieder habhaft werden könne. Doch wenn es dann vollbracht war, wurde es ein mühevoller Weg, bis ich vom Schauplatz meines Jagdglücks an das Lager vorgedrungen war, wo Äther, Watte, Nadeln mit bunten Köpfen und Pinzetten in der Botanisiertrommel zum Vorschein kamen. Und wie lag das Revier in meinem Rücken! Gräser waren geknickt, Blumen zertreten worden; der Jagende selber hatte als Dreingabe den eignen Körper seinem Kescher nachgeworfen; und über so viel Zerstörung,

Plumpheit und Gewalt hielt zitternd und dennoch voller Anmut sich in einer Falte des Netzes der erschrockene Schmetterling. Auf diesem mühevollen Wege ging der Geist des Todgeweihten in den Jäger ein. Die fremde Sprache, in welcher dieser Falter und die Blüten vor seinen Augen sich verständigt hatten – nun hatte er einige Gesetze ihr abgewonnen. Seine Mordlust war geringer, seine Zuversicht um so viel größer geworden. Die Luft jedoch, in der sich dieser Falter damals wiegte, ist heute ganz durchtränkt von einem Wort, das seit Jahrzehnten nie mehr mir zu Ohren noch über meine Lippen gekommen ist. Es hat das Unergründliche bewahrt, womit die Namen der Kindheit dem Erwachsenen entgegentreten. Langes Verschwiegenwordensein hat sie verklärt. So zittert durch die schmetterlingserfüllte Luft das Wort »Brauhausberg«. Auf dem Brauhausberge bei Potsdam hatten wir unsere Sommerwohnung. Aber der Name hat alle Schwere verloren, enthält von einem Brauhaus überhaupt nichts mehr und ist allenfalls ein von Bläue umwitterter Berg, der im Sommer sich aufbaute, um mich und meine Eltern zu behausen. Und darum liegt das Potsdam meiner Kindheit in so blauer Luft, als wären seine Trauermäntel oder Admirale, Tagpfauenaugen und Aurorafalter über eine der schimmernden Emaillen von Limoges verstreut, auf denen die Zinnen und Mauern Jerusalems vom dunkelblauen Grunde sich abheben.

Abreise und Rückkehr

Der Lichtstreif unter der Schlafzimmertür, am Vorabend, wenn die andern noch auf waren, – war er nicht das erste Reisesignal? Drang er nicht in die Kindernacht voller Erwartung wie später in die Nacht eines Publikums der Lichtstreif unter dem Bühnenvorhang? Ich glaube, das Traumschiff, das einen damals abholte, ist oft über den Lärm der Gesprächswogen und die Gischt des Tellergeklappers vor unsere Betten geschwankt, und am frühen Morgen hat es uns abgesetzt, fiebrig, als wenn wir die Fahrt schon hinter uns hätten, die wir eben erst antreten sollten. Fahrt in einer ratternden Droschke, die den Landwehrkanal entlang fuhr und in der mir plötzlich das Herz schwer wurde. Gewiss nicht wegen des Kommenden oder des Abschieds; sondern das öde Beisammensitzen, das noch anhielt, noch dauerte, nicht vom Anhauch der Reise wie ein Gespenst vor der Morgendämmerung verflogen war, überschlich mich mit Traurigkeit. Aber nicht lange. Denn wenn der Wagen die Chausseestraße hinter sich hatte, war ich wieder mit den Gedanken unserer Bahnfahrt vorangeeilt. Seither münden für mich die Dünen Koserows oder Wenningstedts hier in der Invalidenstraße, wo den andern die Sandsteinmassen des Stettiner Bahnhofs entgegentreten. Meist aber war in der Frühe das Ziel ein näheres. Nämlich der »Anhalter«, laut des Namens Mutterhöhle der Eisenbahnen, wo die Lokomotiven zu Hause sein und die Züge anhalten mussten. Keine Ferne war ferner, als wo im Nebel seine Gleise zusammenliefen. Doch auch die Nähe, die mich eben noch umfangen hatte, rückte ab. Die Wohnung lag der Erinnerung verwandelt vor. Mit ihren Teppichen, die eingerollt, den Lüstern, die in Sackleinwand vernäht, den Sesseln, die überzogen waren, mit dem Halblicht, das durch die Jalousien sickerte, gab sie, indem wir eben erst den Fuß aufs Trittbrett unseres D-Zug-Wagens setzten, der Erwartung von fremden Sohlen, leisen Tritten Raum, die, vielleicht bald, über die Dielen schleifend, Diebsspuren in den Staub einzeichnen sollten, der seit einer Stunde gemächlich seine Niederlassungen bezog. Daher geschah es, dass ich jedesmal als Heimatloser aus den Ferien kam. Und noch die letzte Kellerhöhle, wo die Lampe schon brannte – nicht erst zu entzünden war – schien mir beneidenswert, mit unserer Wohnung verglichen, die im Westen dunkelte. So boten bei der Heimkehr aus Bansin oder aus Hahnenklee die Höfe mir viel kleine, traurige Asyle an. Dann freilich schloss die Stadt sie wieder ein, als reue ihre Hilfsbereitschaft sie. Wenn dennoch einmal der Zug vor ihnen zögerte, so war es, weil ein Signal kurz vor der Einfahrt uns die Strecke sperrte. Je langsamer er fuhr, desto schneller zerging die

Hoffnung, hinter Brandmauern der nahen Elternwohnung zu entkommen. Doch diese überzähligen Minuten, eh alles aussteigt, stehen heute noch in meinen Augen. Mancher Blick hat sie vielleicht gestreift wie in den Höfen. Fenster, die in schadhaften Mauern stecken und hinter denen eine Lampe brennt.

ZU SPÄT GEKOMMEN

Die Uhr im Schulhof sah beschädigt aus durch meine Schuld. Sie stand auf »zu spät«. Und auf den Flur drang aus den Klassentüren, die ich streifte, Murmeln von geheimer Beratung. Lehrer und Schüler dahinter waren Freund. Oder alles schwieg still, als erwarte man einen. Unhörbar rührte ich die Klinke an. Die Sonne tränkte den Flecken, wo ich stand. So schändete ich meinen grünen Tag und öffnete. Niemand schien mich zu kennen. Wie der Teufel den Schatten des Peter Schlemihl, hatte der Lehrer mir meinen Namen bei Beginn der Stunde einbehalten. Ich sollte nicht mehr an die Reihe kommen. Leise schaffte ich mit bis Glockenschlag. Aber es war kein Segen dabei.

WINTERMORGEN

Die Fee, bei der er einen Wunsch frei hat, gibt es für jeden. Allein nur wenige wissen sich des Wunsches zu entsinnen, den sie taten; nur wenige erkennen darum später im eignen Leben die Erfüllung wieder. Ich weiß den, der mir in Erfüllung ging, und will nicht sagen, dass er klüger gewesen ist als der der Märchenkinder. Er bildete sich in mir mit der Lampe, wenn sie am frühen Wintermorgen um halb sieben sich meinem Bette näherte und den Schatten des Kindermädchens an die Decke warf. Im Ofen wurde Feuer angezündet. Bald sah die Flamme, wie in ein viel zu kleines Schubfach eingepfercht, wo sie vor Kohlen kaum sich rühren konnte, zu mir hin. Und doch war es ein so Gewaltiges, das dort in nächster Nähe, kleiner als ich selbst, sich einzurichten anfing, und zu dem die Magd sich tiefer bücken musste als zu mir. Wenn es versorgt war, tat sie einen Apfel zum Braten in die Ofenröhre. Bald zeichnete sich das Gatter der Kamintür im roten Flackern auf der Diele ab. Und meiner Müdigkeit kam vor, sie habe an diesem Bilde für den Tag genug. So war es um diese Stunde immer; nur die Stimme des Kindermädchens störte den Vollzug, mit dem der Wintermorgen mich den Dingen in meinem Zimmer anzutrauen pflegte. Noch war die Jalousie nicht hochgezogen, da schob ich schon zum erstenmal den Riegel der Ofentür beiseite, um dem Apfel in seiner Röhre nachzuspüren. Manchmal hatte er sein Arom noch kaum verändert. Und dann geduldete ich mich, bis ich den schaumigen Duft zu wittern glaubte, der aus einer tieferen und verschwiegeneren Zelle des Wintertages kam als selbst der Duft des Baums am Weihnachtsabend. Da lag die dunkle, warme Frucht, der Apfel, der sich, vertraut und doch verändert wie ein guter Bekannter, der verreist war, bei mir einfand. Es war die Reise durch das dunkle Land der Ofenhitze, der er die Arome von allen Dingen abgewonnen hatte, welche der Tag mir in Bereitschaft hielt. Und darum war es auch nicht sonderbar, dass immer, wenn ich an seinen blanken Wangen meine Hände wärmte, ein Zögern mich beschlich, ihn anzubeißen. Ich spürte, dass die flüchtige Kunde, die er in seinem Dufte brachte, allzu leicht mir auf dem Wege über meine Zunge entkommen könne. Jene Kunde, die mich manchmal so beherzte, dass sie mich noch auf dem Marsch zur Schule tröstete. Dort angelangt, kam freilich bei Berührung mit meiner Bank die ganze Müdigkeit, die erst verflogen schien, verzehnfacht wieder. Und mit ihr jener Wunsch: ausschlafen zu können. Ich habe ihn wohl tausendmal getan und später ging er wirklich in Erfüllung. Doch lange dauerte es, bis ich sie darin erkannte, dass noch jedesmal die Hoffnung, die ich auf Stellung und ein sicheres Brot gehegt hatte, umsonst gewesen war.

In jede Kindheit ragten damals noch die Tanten, die ihr Haus nicht mehr verließen, die immer, wenn wir mit der Mutter zu Besuch erschienen, auf uns gewartet hatten, immer unter dem gleichen schwarzen Häubchen und im gleichen Seidenkleide, aus dem gleichen Lehnstuhl, vom gleichen Erkerfenster uns willkommen hießen. Wie Feen, die ein ganzes Tal durchwirken, ohne noch je darein hinabzusteigen, durchwalteten sie ganze Straßenzüge, ohne jemals in ihnen zu erscheinen. Zu diesen Wesen zählte Tante Lehmann. Ihr guter norddeutscher Name bürgte für ihr Recht, ein Menschenalter lang den Erker zu behaupten, unter dem die Steglitzer in die Genthiner Straße mündet. Die Ecke zählt zu denen, die der Wandel der letzten dreißig Jahre kaum berührte. Nur dass in dieser Zeit der Schleier, der sie mir als Kind verhüllte, fiel. Denn damals hieß sie mir noch nicht nach Steglitz. Der Vogel Stieglitz schenkte ihr den Namen. Und hauste nicht die Tante wie ein Vogel, der reden kann, in ihrem Bauer? Stets wenn ich ihn betrat, war er erfüllt vom Zwitschern dieses kleinen, schwarzen Vogels, der über alle Nester und Gehöfte der Mark, wo seine Sippe einst verstreut gesessen hatte, hinweggeflogen war und beider Namen – der Dörfer und der Sippschaft – die so oft genau die gleichen waren, im Gedächtnis hatte. Die Tante wusste die Verschwägerungen, Wohnsitze, Glücks- und Unglücksfälle all der Schoenflies, Rawitschers, Landsbergs, Lindenheims und Stargards, die einst als Vieh- oder Getreidehändler im Märkischen und Mecklenburgischen gesessen hatten. Nun aber waren ihre Söhne und vielleicht schon Enkel hier im alten Westen heimisch, in Straßen, die die Namen preußischer Generäle und manchmal auch der kleinen Städte trugen, aus denen sie hierher gezogen waren. Oft wenn in späteren Jahren mein Express an solchen abgeschiedenen Flecken vorüberjagte, sah ich vom Bahndamm aus auf Katen, Höfe, Scheuern und Giebel und ich fragte mich: Sind es vielleicht nicht gerade diese hier gewesen, deren Schatten die Eltern jener alten

Mütterchen, bei denen ich als kleiner Junge eintrat, vor Zeiten hinter sich gelassen haben. Dort bot mir eine brüchige und spröde Stimme gläsern den guten Tag. Doch war sie nirgends so fein gesponnen und auf das gestimmt, was mich erwartete, wie Tante Lehmanns. Kaum war ich nämlich eingetreten, trug sie Sorge, dass man den großen Glaswürfel vor mich stellte, der ein ganzes lebendiges Bergwerk in sich schloss, worin sich kleine Knappen, Hauer, Steiger mit Karren, Hämmern und Laternen pünktlich im Takte eines Uhrwerks regten. Dies Spielzeug – wenn man es so nennen darf – entstammte einer Zeit, die auch dem Kind des reichen Bürgerhauses noch den Blick auf Arbeitsplätze und Maschinen gönnte. Und unter ihnen allen war das Bergwerk von jeher ausgezeichnet, weil es nicht nur die Schätze wies, die eine harte Arbeit zum Nutzen aller Tüchtigen ihm entwand, sondern auch jenen Silberblick aus seinen Adern, an den das Biedermeier mit Jean Paul, Novalis, Tieck und Werner sich verloren hatte. Doppelt verwahrt war diese Erkerwohnung, wie es für Räume sich gehörte, die so Kostbares in sich zu bergen hatten. Gleich nach dem Haustor fand sich links im Flur die dunkle Tür zur Wohnung mit der Schelle. Wenn sie sich vor mir auftat, führte, steil und atemraubend, eine Stiege aufwärts, wie ich es später nur noch in Bauernhäusern gefunden habe. Im Schein des trüben Gaslichts, das von oben kam, stand eine alte Dienerin, in deren Schutz ich gleich darauf die zweite Schwelle, die zur Diele dieser düstern Wohnung führte, überschritt. Ich hätte sie mir aber ohne eine von diesen Alten gar nicht denken können. Weil sie mit ihrer Herrschaft einen Schatz, wenn auch verschwiegener Erinnerungen teilten, verstanden sie sie nicht allein aufs Wort, sondern vermochten sie vor jedem Fremden mit allem Anstand zu vertreten. Vor keinem aber leichter als vor mir, auf den sie meist viel besser sich verstanden als die Herrschaft. Und dafür hatte ich dann wieder Blicke der Ehrfurcht, ja Bewunderung für sie. Sie waren, nicht nur leiblich, meist massiver, gewaltiger als die Gebieterinnen, und es kam vor, dass der Salon da drinnen, trotz Bergwerk oder Schokolade, mir nicht so viel

zu sagen hatte wie das Vestibül, in dem die alte Stütze, wenn
ich kam, das Mäntelchen wie eine Last mir abnahm und, wenn
ich ging, die Mütze mir, als wenn sie mich segnen wollte, in die
Stirne drückte.

Die Speisekammer

Im Spalt des kaum geöffneten Speiseschranks drang meine Hand
wie ein Liebender durch die Nacht vor. War sie dann in der Finsternis zu Hause, tastete sie nach Zucker oder Mandeln, nach Sultaninen oder Eingemachtem. Und wie der Liebhaber, ehe
er's küsst, sein Mädchen umarmt, hatte der Tastsinn mit ihnen
ein Stelldichein, ehe der Mund ihre Süßigkeit kostete. Wie gab
der Honig, gaben Haufen von Korinthen, gab sogar Reis sich
schmeichelnd in die Hand. Wie leidenschaftlich dies Begegnen
beider, die endlich nun dem Löffel entronnen waren. Dankbar
und wild wie eine, die man aus dem Elternhause sich geraubt
hat, gab hier die Erdbeermarmelade ohne Semmel und gleichsam
unter Gottes freiem Himmel sich zu schmecken, und selbst die
Butter erwiderte mit Zärtlichkeit die Kühnheit eines Werbers,
der in ihre Mägdekammer vorstieß. Die Hand, der jugendliche
Don Juan, war bald in alle Zellen und Gelasse eingedrungen,
hinter sich rinnende Schichten und strömende Mengen: Jungfräulichkeit, die ohne Klagen sich erneuerte.

Erwachen des Sexus

In einer jener Straßen, die ich später auf Wanderungen, die kein
Ende nahmen, nachts durchstreifte, überraschte mich, als es
an der Zeit war, das Erwachen des Geschlechtstriebs unter den
sonderbarsten Umständen. Es war am jüdischen Neujahrstage
und die Eltern hatten Anstalten getroffen, in irgendeiner gottes-
dienstlichen Feier mich unterzubringen. Wahrscheinlich han-

delte es sich um die Reformgemeinde, der meine Mutter aus Familientradition einige Sympathie entgegenbrachte, während meinem Vater von Hause aus der orthodoxe Ritus vertraut war. Er musste aber nachgeben. Man hatte mich für diesen Feiertag einem entfernteren Verwandten anbefohlen, den ich abholen sollte. Aber sei es, dass ich dessen Adresse vergessen hatte, sei es, dass ich mich in der Gegend nicht zurechtfand – es wurde später und später und mein Umherirren immer aussichtsloser. Selbständig in die Synagoge mich zu trauen, konnte gar nicht in Frage kommen, denn mein Beschützer hatte die Einlasskarten. An meinem Missgeschicke trug die Hauptschuld Abneigung gegen den fast Unbekannten, auf den ich angewiesen war, und Argwohn gegen die religiösen Zeremonien, die nur Verlegenheit in Aussicht stellten. Da überkam mich, mitten in meiner Ratlosigkeit, mit einem Male eine heiße Welle der Angst – »zu spät, die Synagoge ist verpasst« –, noch ehe sie verebbt war, ja genau im gleichen Augenblicke aber eine zweite vollkommener Gewissenlosigkeit – »das alles mag laufen wie es will, mich geht's nichts an«. Und beide Wellen schlugen unaufhaltsam im ersten großen Lustgefühl zusammen, in dem die Schändung des Feiertags sich mit dem Kupplerischen der Straße mischte, die mich hier zuerst die Dienste ahnen ließ, welche sie den erwachten Trieben leisten sollte.

EINE TODESNACHRICHT

Man hat das déjà vu oft beschrieben. Ist die Bezeichnung eigentlich glücklich? Sollte man nicht von Begebenheiten reden, welche uns betreffen wie ein Echo, von dem der Hall, der es erweckte, irgendwann im Dunkel des verflossenen Lebens ergangen scheint. Im Übrigen entspricht dem, dass der Chock, mit dem ein Augenblick als schon gelebt uns ins Bewusstsein tritt, meist in Gestalt von einem Laut uns zustößt. Es ist ein Wort, ein Rauschen oder Pochen, dem die Gewalt verliehen ist, unvorbereitet uns in die kühle Gruft des Einst zu rufen, von deren Wölbung uns die Gegenwart nur als ein Echo scheint zurückzuhallen. Seltsam, dass man noch nicht dem Gegenbild dieser Entrückung nachgegangen ist – dem Chock, mit dem ein Wort uns stutzen macht wie ein vergessener Muff in unserm Zimmer. Wie uns dieser auf eine Fremde schließen lässt, die da war, so gibt es Worte oder Pausen, die uns auf jene unsichtbare Fremde schließen lassen: die Zukunft, welche sie bei uns vergaß. Ich mag fünf Jahre alt gewesen sein. An einem Abend – ich lag bereits im Bett – erschien mein Vater. Wahrscheinlich um mir gute Nacht zu sagen. Es war halb gegen seinen Willen, denke ich, dass er die Nachricht vom Tode eines Vetters mir erzählte. Das war ein älterer Mann, der mich nichts anging. Mein Vater aber gab die Nachricht mit allen Einzelheiten. Er beschrieb, auf meine Frage, was ein Herzschlag sei, und war weitschweifig. Von der Erzählung nahm ich nicht viel auf. Wohl aber habe ich an diesem Abend mein Zimmer und mein Bett mir eingeprägt wie man sich einen Ort genauer merkt, von dem man ahnt, man werde eines Tages etwas Vergessenes von dort holen müssen. Nach vielen Jahren erst erfuhr ich, was. In diesem Zimmer hatte mir mein Vater ein Stück der Neuigkeit verschwiegen. Nämlich der Vetter war an Syphilis gestorben.

Markthalle Magdeburger Platz

Vor allem denke man nicht, dass es Markt-Halle hieß. Nein, man sprach »Mark-Thalle«, und wie diese beiden Wörter in der Gewohnheit des Sprechens verschliffen waren, dass keines seinen ursprünglichen Sinn beibehielt, so waren in der Gewohnheit meines Gangs durch diese Halle verschliffen alle Bilder, welche sie gewährte, so dass ihrer keines sich dem ursprünglichen Begriff von Einkauf oder Verkauf darbot. Hatte man den Vorraum mit den schweren, in kräftigen Spiralen schwingenden Türen hinter sich gelassen, heftete sich der erste Blick auf Fliesen, die von Fischwasser oder Spülwasser schlüpfrig waren und auf denen man leicht auf Karotten ausgleiten konnte oder auf Lattichblättern. Hinter Drahtverschlägen, jeder behaftet mit einer Nummer, thronten die schwerbeweglichen Weiber, Priesterinnen der käuflichen Ceres, Marktweiber aller Feld- und Baumfrüchte, aller essbaren Vögel, Fische und Säuger, Kupplerinnen, unantastbare strickwollene Kolosse, welche von Stand zu Stand mit einander, sei es mit einem Blitzen der großen Knöpfe, sei es mit einem Klatschen auf ihre Schürze, sei es mit busenschwellendem Seufzen, verkehrten. Brodelte, quoll und schwoll es nicht unterm Saum ihrer Röcke, war nicht dies der wahrhaft fruchtbare Boden? Warf nicht in ihren Schoß ein Marktgott selber die Ware: Beeren, Schaltiere, Pilze, Klumpen von Fleisch und Kohl, unsichtbar beiwohnend ihnen, die sich ihm gaben, während sie träge, gegen Tonnen gelehnt oder die Waage mit schlaffen Ketten zwischen den Knien, schweigend die Reihen der Hausfrauen musterten, die mit Taschen und Netzen beladen mühsam die Brut vor sich durch die glatten, stinkenden Gassen zu steuern suchten. Wenn es dann aber dämmerte und man müde wurde, sank man tiefer als ein erschöpfter Schwimmer. Endlich trieb man im lauen Strom stummer Kunden dahin, die wie Fische auf die stachligen Riffe glotzten, wo die schwammigen Najaden sich's wohl sein ließen.

VERSTECKE

Ich kannte in der Wohnung schon alle Verstecke und kam in sie wie in ein Haus zurück, in dem man sicher ist, alles beim alten zu finden. Mir schlug das Herz, ich hielt den Atem an. Hier war ich in die Stoffwelt eingeschlossen. Sie ward mir ungeheuer deutlich, kam mir sprachlos nah. So wird erst einer, den man aufhängt, inne, was Strick und Holz sind. Das Kind, das hinter der Portiere steht, wird selbst zu etwas Wehendem und Weißem, zum Gespenst. Der Esstisch, unter den es sich gekauert hat, lässt es zum hölzernen Idol des Tempels werden, wo die geschnitzten Beine die vier Säulen sind. Und hinter einer Türe ist es selber Tür, ist mit ihr angetan als schwerer Maske und wird als Zauberpriester alle behexen, die ahnungslos eintreten. Um keinen Preis darf es gefunden werden. Wenn es Gesichter schneidet, sagt man ihm, braucht nur die Uhr zu schlagen und es muss so bleiben. Was Wahres daran ist, erfuhr ich im Versteck. Wer mich entdeckte, konnte mich als Götzen unterm Tisch erstarren machen, für immer als Gespenst in die Gardine mich verweben, auf Lebenszeit mich in die schwere Tür bannen. Ich ließ darum mit einem lauten Schrei den Dämon, der mich so verwandelte, ausfahren, wenn der Suchende mich griff – ja, wartete den Augenblick nicht ab und kam mit einem Schrei der Selbstbefreiung ihm zuvor. Darum wurde ich den Kampf mit dem Dämon nicht müde. Die Wohnung war dabei das Arsenal der Masken. Doch einmal jährlich lagen an geheimnisvollen Stellen, in ihren leeren Augenhöhlen, ihrem starren Mund, Geschenke, die magische Erfahrung wurde Wissenschaft. Die düstere Wohnung entzauberte ich als ihr Ingenieur und suchte Ostereier.

ZWEI RÄTSELBILDER

Unter den Ansichtskarten meiner Sammlung gab es einige wenige, deren Schriftseite mir deutlicher in der Erinnerung haftet als ihr Bild. Sie trugen die schöne, leserliche Unterschrift: Helene Pufahl. Das war der Name meiner Lehrerin. Das P, mit dem er anhob, war das P von Pflicht, von Pünktlichkeit, von Primus; f hieß folgsam, fleißig, fehlerfrei, und was das l am Ende anging, war es die Figur von lammfromm, lobenswert und lernbegierig. So wäre diese Unterschrift, wenn sie, wie die semitischen, aus Konsonanten allein bestanden hätte, nicht nur Sitz der kalligraphischen Vollkommenheit gewesen, sondern die Wurzel aller Tugenden.

Knaben und Mädchen aus den besten Häusern des bürgerlichen Westens saßen in Fräulein Pufahls Zirkel. Im Einzelnen nahm man es nicht genau, so dass sich in den Kreis der Bürgerlichen auch eine Adlige verirren konnte. Luise von Landau hieß sie, und der Name hatte mich bald in seinen Bann gezogen. Bis heute blieb er mir lebendig, doch nicht darum. Er war vielmehr der erste unter denen Gleichaltriger, auf den ich den Akzent des Todes fallen hörte. Das war, nachdem ich, unserem Zirkel schon entwachsen, ein Angehöriger der Sexta war. Und wenn ich nun ans Lützowufer kam, suchte ich mit den Blicken stets ihr Haus. Zufällig lag es einem Gärtchen gegenüber, das, am anderen Ufer, in das Wasser hängt. Und das verwob sich mit der Zeit so innig mit dem geliebten Namen, dass ich schließlich zur Überzeugung kam, das Blumenbeet, das drüben unberührbar prange, sei der Kenotaph der kleinen Abgeschiedenen.

Fräulein Pufahl wurde abgelöst von Herrn Knoche. Nun war ich eingeschult. Was sich im Klassenzimmer zutrug, stieß mich meist ab. Doch nicht bei einem seiner Strafgerichte ist es, dass die Erinnerung Herrn Knoche trifft, vielmehr im Amt des Sehers, der das Künftige voraussagt, und das ihm nicht schlecht anstand. Wir hatten Singen. Geübt wurde das Reiterlied aus »Wallenstein«: »Wohl auf, Kameraden, aufs Pferd, aufs Pferd! / Ins Feld, in die Freiheit gezogen! / Im Felde, da ist der Mann noch was wert, / Da wird das Herz noch gewogen.« Herr Knoche wollte von der Klasse wissen, was denn der letzte Vers bedeuten solle. Natürlich konnte niemand Antwort geben. Herrn Knoche aber schien das eben recht, und er erklärte: »Das werdet ihr verstehen, wenn ihr groß seid.«

Damals erschien mir das Ufer des Erwachsenseins durchs Flussband vieler Jahre von dem meinen so geschieden wie jenes Ufer des Kanals, von dem das Blumenbeet herübersah und das beim Spaziergang an der Hand des Kinderfräuleins nie betreten wurde. Später, als mein Weg von keinem mehr mir vorgeschrieben wurde und ich auch schon das »Reiterlied« verstand, kam ich manchmal dicht in der Nähe des Beetes am Landwehrkanal vorüber. Aber nun schien es seltener zu blühen. Und von dem

Namen, den wir einst zusammen festgehalten hatten, wusste es nicht mehr als jener Vers des Reiterlieds, jetzt, da ich ihn verstand, von jenem Sinn enthielt, den uns Herr Knoche in der Gesangsstunde verheißen hatte. Das leere Grab und das gewogene Herz – zwei Rätselbilder, deren Lösung mir das Leben weiter schuldig bleiben wird.

DER FISCHOTTER

Wie man aus der Wohnung, wo einer haust, und aus dem Stadtviertel, das er bewohnt, sich ein Bild von seiner Natur und Wesensart macht, hielt ich es mit den Tieren des Zoologischen Gartens. Von den Straußen, welche vor einem Hintergrund von Sphinxen und Pyramiden Spalier bildeten, bis zu dem Nilpferd, das seine Pagode wie ein Zauberpriester bewohnte, der auf dem Wege ist, leibhaftig mit dem Dämon, dem er dient, sich zu verschmelzen, war kaum ein Tier, dessen Behausung ich nicht liebte oder fürchtete. Seltner waren die unter ihnen, die schon durch die Lage des Hauses etwas Besonderes hatten – meist Insassen des Weichbilds: jener Teile, mit denen der Zoologische Garten an die Kaffeeschenken oder das Ausstellungsgelände anstieß. Vor allen andern Bewohnern solcher Gegenden war aber der Fischotter bemerkenswert. Unter den drei Portalen war ihm das an der Lichtensteinbrücke zunächst gelegen. Es war bei weitem das am wenigsten benutzte, führte auch in die abgestorbenste Region des Gartens. Die Allee, die den Besucher da empfing, ähnelte mit den weißen Kugeln ihrer Kandelaber einer verlassenen Promenade von Eilsen oder Bad Pyrmont, und lange ehe diese Orte so verödet lagen, dass sie antiker als Thermen sind, trug dieser Winkel des Zoologischen Gartens die Züge des Kommenden. Es war ein prophetischer Winkel. Denn wie es Pflanzen gibt, von denen man erzählt, dass sie die Kraft besitzen, in die Zukunft sehen zu lassen, so gibt es Orte, die die gleiche Gabe haben. Verlassene sind es meist, auch Wipfel, die gegen Mauern stehn, Sackgassen oder Vorgärten, wo kein Mensch sich jemals aufhält. An solchen Orten scheint es, als sei alles, was eigentlich uns bevorsteht, ein Vergangenes. In diesem Teile des Zoologischen Gartens also war es, wo immer, wenn ich mich dahin verirrte, ein Blick mir über den Brunnenrand vergönnt war, welcher hier wie in der Mitte eines Kurparks aufstieg. Das war der Zwinger des Fischotters. Ein Zwinger in der Tat; denn starke Stäbe vergitterten die Brüstung des Bassins, in dem das Tier sich aufhielt. Ein kleiner Fels- und Grottenbau umsäumte im Hintergrunde das Oval des Beckens. Er war als Wohnung für das Tier gedacht; doch habe ich es niemals darin angetroffen. Und so verblieb ich häufig, endlos wartend, vor dieser unergründlichen und schwarzen Tiefe, um irgendwo den Otter zu entdecken. Gelang es endlich, war es sicher nur für einen Nu, denn augenblicklich war der gleißende Insasse der Zisterne wieder von neuem in der nassen Nacht verschwunden. Gewiss, in Wahrheit war es keine Zisterne, in der man den Otter hielt. Doch wenn ich in sein Wasser blickte, war mir immer, als stürze Regen in alle Gullis der Stadt, nur um in dieses Becken zu münden und sein Tier zu speisen. Denn es war ein verwöhntes Tier, das hier behaust war und dem die leere, feuchte Grotte mehr als Tempel denn als Zufluchtsstätte diente. Es war das heilige Tier des Regenwassers. Ob es aber in diesen Abwässern und Wässern sich gebildet habe oder von seinem Strömen und von seinem Rinnsale nur sich speise, hätte ich nicht entscheiden können. Immer war es aufs äußerste beschäftigt, so als wenn es in seiner Tiefe unentbehrlich sei. Aber ich hätte liebe, lange Tage die Stirne an sein Gatter legen können, ohne mich an ihm sattzusehen. Und auch darin bewies es seine heimliche Verwandtschaft mit dem Regen. Denn niemals war der liebe, lange Tag mir lieber, niemals länger, als wenn Regen mit seinen feinen oder groben Zähnen ihm langsam Stunden und Minuten strähnte. So folgsam wie ein kleines Mädchen beugte er den Scheitel unter diesen grauen Kamm. Und unersättlich sah ich ihm dann zu. Ich wartete. Nicht bis es nachließ. Sondern dass es mehr und immer üppiger herunterrausche. Ich hörte es an die Scheiben trommeln, aus den Traufen strömen und gurgelnd in die Abflussrohre niederrauschen. Im guten Regen war ich ganz geborgen. Und meine Zukunft rauschte es mir zu, wie man ein Schlaflied an der Wiege singt. Wie gut begriff ich, dass man in ihm wächst. In solchen Stunden hinterm trüben Fenster war ich bei dem Fischotter zu Hause. Doch eigentlich merkte ich das immer erst, wenn ich das nächstemal vorm Zwinger stand. Dann musste ich wieder lange warten, bis der schwarze, gleißende Leib heraufschoss, um sogleich zu eiligen Geschäften hinabzuschnellen.

BLUMESHOF 12

Keine Klingel schlug freundlicher an. Hinter der Schwelle dieser Wohnung war ich geborgener als selbst in der elterlichen. Übrigens hieß es nicht Blumes-Hof, sondern Blume-zoof, und es war eine riesige Plüschblume, die so, aus krauser Hülle, mir ins Gesicht fuhr. In ihrem Innern saß die Großmutter; die Mutter meiner Mutter. Sie war Witwe. Wenn man die alte Dame auf ihrem teppichbelegten und mit einer kleinen Balustrade verzierten Erker, welcher auf den Blumeshof herausging, besuchte, konnte man sich schwerlich denken, wie sie große Seefahrten oder gar Ausflüge in die Wüste unter Leitung von »Stangens Reisen« unternommen hatte, an die sie sich alle paar Jahre anschloss. Madonna di Campiglio und Brindisi, Westerland und Athen und von wo sonst sie auf ihren Reisen Ansichtskarten schickte – in ihnen allen stand die Luft von Blumeshof. Und die große, bequeme Handschrift, die den Fuß der Bilder umspielte oder sich in ihrem Himmel wölbte, zeigte sie so ganz und gar von meiner Großmutter bewohnt, dass sie zu Kolonien des Blumeshof wurden. Wenn dann ihr Mutterland sich wieder auf tat, betrat ich dessen Dielen so voll Scheu, als hätten sie mit ihrer Herrin auf den Wellen des Bosporus getanzt und als verberge sich in den Persern noch der Staub von Samarkand.

Mit welchen Worten das unvordenkliche Gefühl von bürger-licher Sicherheit umschreiben, das von dieser Wohnung aus-ging? Das Inventar in ihren vielen Zimmern würde heute kei-nem Trödler Ehre machen. Denn wenn auch die Erzeugnisse der siebziger Jahre so viel solider waren als die späteren des Jugend-stils – das Unverwechselbare an ihnen war der Schlendrian, mit dem sie dem Lauf der Zeit die Dinge überließen und sich, was ihre Zukunft anbetraf, allein der Haltbarkeit des Materials und nirgends der Vernunftberechnung anvertrauten. Das Elend konnte in diesen Räumen keine Stelle haben, in denen ja nicht einmal der Tod sie hatte. Es gab in ihnen keinen Platz zum Ster-ben; darum starben ihre Bewohner in den Sanatorien, die Möbel aber kamen gleich im ersten Erbgang an den Händler. In ihnen war der Tod nicht vorgesehen. Darum erschienen sie bei Tage so gemütlich und wurden nachts der Schauplatz böser Träume. Das Stiegenhaus, das ich betrat, erwies sich als Wohnsitz eines Alps, der mich zuerst an allen Gliedern schwer und kraftlos machte, um schließlich, als mich nur noch wenige Schritte von der er-sehnten Schwelle trennten, mich in Bann zu schlagen. Derglei-chen Träume sind der Preis gewesen, mit dem ich die Geborgen-heit erkaufte. Die Großmutter starb nicht im Blumeshof. Ihr gegenüber wohnte lange Zeit die Mutter meines Vaters, die schon älter war. Auch sie starb anderswo. So ist die Straße mir zum Elysium, zum Schattenreich unsterblicher, doch abgeschie-dener Großmütter geworden. Und weil die Phantasie, wenn sie einmal den Schleier über eine Gegend geworfen hat, gern seine Ränder von unfasslichen Launen sich kräuseln lässt, hat sie ein Kolonialwarengeschäft, das in der Nähe liegt, zu einem Denk-mal des Großvaters gemacht, der Kaufmann war, nur weil sein Inhaber auch Georg hieß. Das Brustbild dieses Frühverstorbe-nen hing lebensgroß und als Pendant zu jenem seiner Frau im Flur, der zu den abgelegeneren Teilen der Wohnung führte. Wechselnde Gelegenheiten riefen sie ins Leben. Der Besuch einer verheirateten Tochter eröffnete ein längst außer Gebrauch gekommenes Spindenzimmer; ein anderes Hinterzimmer nahm mich auf, wenn die Erwachsenen Mittagsruhe hielten; ein drittes war es, aus dem das Scheppern der Nähmaschine an den Tagen drang, an denen eine Schneiderin ins Haus kam. Der wichtigste von diesen abgelegenen Räumen war für mich die Loggia, sei es, weil sie, bescheidener möbliert, von den Erwachsenen weniger geschätzt war, sei es, weil gedämpft der Straßenlärm heraufdrang, sei es, weil sie mir den Blick auf fremde Höfe mit Portiers, Kindern und Leierkastenmännern freigab. Es waren übrigens mehr Stimmen als Gestalten, die von der Loggia sich eröffneten. Auch war das Viertel vornehm und das Treiben auf seinen Höfen niemals sehr bewegt; etwas von der Gelassenheit der Reichen, für die die Arbeit hier verrichtet wurde, hatte sich dieser selber mitgeteilt, und alles schien bereit, ganz unversehens in tiefen Sonntagsfrieden zu verfallen. Darum war der Sonntag der Tag der Loggia. Der Sonntag, den die andern Räume, die wie schadhaft waren, nie ganz fassen konnten, denn er sickerte durch sie hindurch – allein die Loggia, die auf den Hof mit seinen Teppichstangen und den andern Loggien hinausging, fasste ihn, und keine Schwingung der Glockenfracht, mit der die Zwölf-Apostel- und die Matthäi-Kirche sie beluden, glitt von ihr hinab, sondern bis Abend blieben sie dort aufgestapelt. Die Zimmer dieser Wohnung waren nicht nur zahlreich, sondern zum Teil sehr ausgedehnt. Der Großmutter auf ihrem Erker guten Tag zu sagen, wo neben ihrem Nähkorb dann sehr bald Obst oder Schokolade vor mir stand, musste ich durch das riesige Speisezimmer, um dann das Erkerzimmer zu durchwandern.

Aber der erste Weihnachtsfeiertag erst zeigte, wozu denn eigentlich diese Räume geschaffen waren. Freilich war der Beginn des großen Festes alljährlich mit einer sonderbaren Schwierigkeit verbunden. Die langen Tafeln nämlich, welche der Bescherung dienten, waren der Menge der Beschenkten wegen dicht bestellt. Es war da nicht nur die Familie in allen ihren Verzweigungen bedacht; auch die Bedienung hatte ihre Plätze unterm Baum und neben der jeweiligen auch die alte, die schon im Ruhestande war. So nahe darum Platz an Platz stieß, war man nie vor unvorhergesehenen Gebietsverlusten sicher, wenn nachmittags, nach Schluss des großen Essens noch einem alten Faktotum oder dem Portierkind aufzudecken war. Aber nicht darin lag die Schwierigkeit, sondern zu Anfang, wenn die Flügeltür sich auftat. Im Hintergrund des großen Zimmers glitzerte der Baum. An den langen Tafeln war keine Stelle, von der nicht zumindest ein bunter Teller mit dem Marzipan und seinen Tannenzweigen lockte; dazu winkten von vielen Spielsachen und Bücher. Besser, nicht zu genau sich auf sie einzulassen. Ich hätte mir den Tag verderben können, wenn ich mich vorschnell auf Geschenke stimmte, die dann rechtmäßiger Besitz von andern wurden. Dem zu entgehen, blieb ich auf der Schwelle wie angewurzelt stehen, auf den Lippen ein Lächeln, von dem keiner hätte sagen können, ob der Glanz des Baumes es in mir erweckte oder aber der der mir bestimmten Gaben, denen ich mich, überwältigt, nicht zu nahen wagte. Aber am Ende war es ein Drittes, was tiefer als die vorgetäuschten Gründe und sogar als mein echter mich bestimmte. Denn noch gehörten die Geschenke dort ein wenig mehr dem Geber als mir selbst. Sie waren spröde; groß war meine Angst, sie ungeschickt vor aller Augen anzufassen. Erst draußen auf der Diele, wo das Mädchen sie uns mit Packpapier umwickelte und ihre Form in Bündeln und Kartons verschwunden war, um uns an ihrer Statt als Bürgschaft ihr Gewicht zu hinterlassen, waren wir ganz der neuen Habe sicher. Das war nach vielen Stunden. Wenn wir dann, die Sachen fest eingeschlagen und verschnürt am Arm, in die Dämmerung hinaustraten, die Droschke vor der Haustür wartete, der Schnee unangetastet auf Gesimsen und Staketen, getrübter auf dem Pflaster lag, vom Lützowufer her Geklingel eines Schlittens anging und die Gaslaternen, die eine nach der andern sich erhellten, den Gang des Laternenanzünders verrieten, der auch an diesem süßen Feiertagabend seine Stange hatte schultern müssen – dann war die Stadt so in sich selbst versunken wie ein Sack, der schwer von mir und meinem Glück war.

In einem alten Kinderverse kommt die Muhme Rehlen vor. Weil mir nun »Muhme« nichts sagte, wurde dies Geschöpf für mich zu einem Geist: der Mummerehlen. Das Missverstehen verstellte mir die Welt. Jedoch auf gute Art; es wies die Wege, die in ihr Inneres führten. Ein jeder Anstoß war ihm recht.

So wollte der Zufall, dass in meinem Beisein einmal von Kupferstichen war gesprochen worden. Am Tag darauf steckte ich unterm Stuhl den Kopf hervor: das war ein »Kopf-verstich«. Wenn ich dabei mich und das Wort entstellte, tat ich nur, was ich tun musste, um im Leben Fuß zu fassen. Beizeiten lernte ich es, in die Worte, die eigentlich Wolken waren, mich zu mummen. Die Gabe, Ähnlichkeiten zu erkennen, ist ja nichts als ein schwaches Überbleibsel des alten Zwangs, ähnlich zu werden und sich zu verhalten. Den aber übten Worte auf mich aus. Nicht solche, die mich Mustern der Gesittung, sondern Wohnungen, Möbeln, Kleidern ähnlich machten.

Nur meinem eigenen Bilde nie. Und darum wurde ich so ratlos, wenn man Ähnlichkeit mit mir selbst von mir verlangte. Das war beim Photographen. Wohin ich blickte, sah ich mich umstellt von Leinwandschirmen, Polstern, Sockeln, die nach meinem Bilde gierten wie die Schatten des Hades nach dem Blut des Opfertieres. Am Ende brachte man mich einem roh gepinselten Prospekt der Alpen dar, und meine Rechte, die ein Gemsbarthütlein erheben musste, legte auf die Wolken und Firnen der Bespannung ihren Schatten. Doch das gequälte Lächeln um den Mund des kleinen Älplers ist nicht so betrübend wie der Blick, der aus dem Kinderantlitz, das im Schatten der Zimmerpalme liegt, sich in mich senkt. Sie stammt aus einem jener Ateliers, welche mit ihren Schemeln und Stativen, Gobelins und Staffeleien etwas vom Boudoir und von der Folterkammer haben. Ich stehe barhaupt da; in meiner Linken einen gewaltigen Sombrero, den ich mit einstudierter Grazie hängen lasse. Die Rechte ist mit einem Stock befasst, dessen gesenkter Knauf im Vordergrund zu sehen ist, indessen sich sein Ende in einem Büschel von Pleureusen birgt, die sich von einem Gartentisch ergießen. Ganz abseits, neben der Portiere, stand die Mutter starr, in einer engen Taille. Wie eine Schneiderfigurine blickt sie auf meinen Samtanzug, der seinerseits mit Posamenten überladen und von einem Modeblatt zu stammen scheint. Ich aber bin entstellt vor Ähnlichkeit mit allem, was hier um mich ist. Ich hauste so wie ein Weichtier in der Muschel haust im neunzehnten Jahrhundert, das nun hohl wie eine leere Muschel vor mir liegt. Ich halte sie ans Ohr.

Was höre ich? Ich höre nicht den Lärm von Feldgeschützen oder von Offenbachscher Ballmusik, auch nicht das Heulen der Fabriksirenen oder das Geschrei, das mittags durch die Börsensäle gellt, nicht einmal Pferdetrappeln auf dem Pflaster oder die Marschmusik der Wachtparade. Nein, was ich höre, ist das kurze Rasseln des Anthrazits, der aus dem Blechbehälter in einen Eisenofen niederfällt, es ist der dumpfe Knall, mit dem die Flamme des Gasstrumpfs sich entzündet, und das Klirren der Lampenglocke auf dem Messingreifen, wenn auf der Straße ein Gefährt vorbeikommt. Noch andere Geräusche, wie das Scheppern des Schlüsselkorbs, die beiden Klingeln an der Vorder- und der Hintertreppe; endlich ist auch ein kleiner Kindervers dabei. »Ich will dir was erzählen von der Mummerehlen.«

Das Verschen ist entstellt; doch hat die ganze entstellte Welt der Kindheit darin Platz. Die Muhme Rehlen, die einst in ihm saß, war schon verschollen als ich es zuerst gesagt bekam. Die Mummerehlen aber war noch schwerer aufzuspüren. Gelegentlich vermutete ich sie im Affen, welcher auf dem Tellergrund im Dunst von Graupen oder Sago schwamm. Ich aß die Suppe, um ihr Bild zu klären. Im Mummelsee war sie vielleicht zu Haus und seine trägen Wasser lagen ihr wie eine graue Pelerine an. Was man von ihr erzählt hat – oder mir wohl nur erzählen wollte –, weiß ich nicht. Sie war das Stumme, Lockere, Flockige, das gleich dem Schneegestöber in den kleinen Glaskugeln sich im Kern der Dinge wölbt. Manchmal wurde ich darin umgetrieben. Das war, wenn ich beim Tuschen saß. Die Farben, die ich dann mischte, färbten mich. Noch ehe ich sie an die Zeichnung legte, vermummten sie mich selber. Wenn sie feucht auf der Palette ineinanderschwammen, nahm ich sie so behutsam auf den Pinsel, als seien sie zerfließendes Gewölk.

Von allem aber, was ich wiedergab, war mir das China-Porzellan am liebsten. Ein bunter Schorf bedeckte jene Vasen, Gefäße, Teller, Dosen, die gewiss nur billige Exportartikel waren. Mich fesselten sie dennoch so, als hätte ich damals die Geschichte schon gekannt, die mich nach so viel Jahren noch einmal zum Werk der Mummerehlen hingeleitet. Sie stammt aus China und erzählt von einem alten Maler, der den Freunden sein neuestes Bild zu sehen gab. Ein Park war darauf dargestellt, ein schmaler Weg am Wasser und durch einen Baumschlag hin, der lief vor einer kleinen Türe aus, die hinten in ein Häuschen Einlass bot. Wie sich die Freunde aber nach dem Maler umsahen, war der fort und in dem Bild. Da wandelte er auf dem schmalen Weg zur Tür, stand vor ihr still, kehrte sich um, lächelte und verschwand in ihrem Spalt. So war auch ich bei meinen Näpfen und den Pinseln auf einmal ins Bild entstellt. Ich ähnelte dem Porzellan, in das ich mit einer Farbenwolke Einzug hielt.

DIE FARBEN

In unserem Garten gab es einen verlassenen, morschen Pavillon. Ich liebte ihn der bunten Fenster wegen. Wenn ich in seinem Innern von Scheibe zu Scheibe strich, verwandelte ich mich; ich färbte mich wie die Landschaft, die bald lohend und bald verstaubt, bald schwelend und bald üppig im Fenster lag. Es ging mir wie beim Tuschen, wo die Dinge mir ihren Schoß auftaten, sobald ich sie in einer feuchten Wolke überkam. Ähnliches begab sich mit Seifenblasen. Ich reiste in ihnen durch die Stube und mischte mich ins Farbenspiel der Kuppel bis sie zersprang. Am Himmel, mit einem Schmuckstück, in einem Buch verlor ich mich an Farben. Kinder sind ihre Beute auf allen Wegen.

Man konnte damals Schokolade in zierlichen, kreuzweis ge-
bündelten Päckchen kaufen, in denen jedes Täfelchen für sich in
farbiges Stanniolpapier verpackt war. Das kleine Bauwerk, dem
ein rauher Goldfaden seinen Halt gab, prunkte mit grün und
gold, blau und orange, rot und silber; nirgends stießen zwei
gleich verpackte Stücke aneinander. Aus diesem funkelnden
Verhau brachen die Farben eines Tages auf mich herein, und ich
spüre die Süßigkeit noch, an der mein Auge sich damals vollsog.
Es war die Süßigkeit der Schokolade, mit der sie mir mehr im
Herzen als auf der Zunge zergehen wollten. Denn ehe ich den
Lockungen des Naschwerks erlegen war, hatte der höhere Sinn
mit einem Schlage den niederen in mir überflügelt und mich entrückt.

GESELLSCHAFT

Meine Mutter hatte ein Schmuckstück von ovaler Form. Es war
so groß, dass man es auf der Brust nicht tragen konnte, und so
erschien es jedesmal, wenn sie es antat, an ihrem Gürtel. Sie trug
es aber, wenn sie in Gesellschaft ging; zu Hause nur, wenn wir
selber eine hatten. Es prunkte mit einem großen, blitzenden und
gelben Steine, der die Mitte war, und einer Anzahl mäßig großer,
die in vielen Farben – grün, blau, gelb, rosa, purpur – ihn um-
standen. Dies Schmuckstück war, so oft ich es erblickte, mein
Entzücken. Denn in den tausend kleinen Feuern, die aus seinen
Rändern schossen, saß, vernehmlich, eine Tanzmusik. Die wichtige Minute, da die Mutter es der Schatulle, wo es lag, entnahm,
ließ seine Doppelmacht zum Vorschein kommen. Es war mir
die Gesellschaft, deren Sitz in Wahrheit auf der Schärpe meiner
Mutter war; es war mir aber auch der Talisman, der sie vor allem
schützte, was von draußen bedrohlich für sie werden konnte. In
seinem Schutze war auch ich geborgen.

Nur konnte er nicht hindern, dass ich auch an jenen seltnen
Abenden, an denen es ihn zu sehen gab, zu Bett gehen musste.

Doppelt verdross mich das, wenn bei uns selbst Gesellschaft war. Doch drang sie mir über meine Schwelle, und ich stand in dauerndem Rapport mit ihr, sobald das erste Klingelzeichen erschollen war. Für eine Weile setzte nun die Klingel dem Korridor fast unablässig zu. Nicht weniger beängstigend, weil sie kürzer, präziser anschlug als an andern Tagen. Mich täuschte sie darüber nicht, dass sich ein Anspruch in ihr verlautbarte, der weiter ging als der, mit dem sie sonst sich geltend machte. Und dem entsprach es, dass das Öffnen diesmal im Augenblick und lautlos vor sich ging. Dann kam die Zeit, in welcher die Gesellschaft, kaum dass sie sich zu bilden begonnen hatte, schon wieder am Verenden schien. In Wahrheit hatte sie sich nur in die entfernten Räume zurückgezogen, um dort im Brodeln und im Bodensatz der vielen Schritte und Gespräche zu verschwinden wie ein Ungeheuer, das, kaum hat es die Brandung angespült, im feuchten Schlamm der Küste Zuflucht sucht. Von dem, was jetzt die Zimmer füllte, spürte ich, dass es ungreifbar, glatt und stets bereit war, die zu erwürgen, die es jetzt umspielte. Das spiegelblanke Frackhemd, das mein Vater an diesem Abend hatte, kam mir nun wie ein Panzer vor, und in dem Blick, den er vor einer Stunde noch hatte über die menschenleeren Stühle schweifen lassen, entdeckte ich jetzt das Gewappnete.

Inzwischen war ein Rauschen bei mir eingebrochen; das Unsichtbare war erstarkt und ging daran, an allen Gliedern mit sich selbst sich zu bereden. Es horchte auf sein eigenes dumpfes Raunen, wie man in eine Muschel horcht, es ging wie Laub im Winde mit sich selbst zu Rate, es knisterte wie Scheite im Kamin und sank dann lautlos in sich selbst zusammen. Jetzt war der Augenblick gekommen, da ich es bereute, noch vor wenigen Stunden dem Unberechenbaren seinen Weg gebahnt zu haben. Das war mit einem Griff geschehen, durch den der Esstisch sich auseinandertat und eine Platte drunter zum Vorschein kam, die, aufgeklappt, den Raum zwischen den Hälften derart überbrückte, dass alle Gäste unterkommen konnten. Dann hatte ich beim Decken helfen dürfen. Und nicht nur, dass Gerätschaften dabei durch meine Hände gingen, die mich ehrten, die Hummergabeln oder Austernmesser, auch die geläufigen des Alltags traten in feierlicher Spielart in Erscheinung. Die Gläser in Gestalt der grünen Römer, der kurzen, scharf geschliffnen Portweinkelche, der filigranbesäten Schalen für den Sekt; die Näpfe für das Salz als Silberfässchen; die Pfropfen auf den Flaschen in Gestalt schwerer, metallner Gnomen oder Tiere. Endlich geschah es, dass ich auf das eine der vielen Gläser jedes Tischgedecks die Karte legen durfte, die dem Gast den Platz angab, der auf ihn wartete. Mit diesem Kärtchen hatte ich das Werk gekrönt; und wenn ich nun zuletzt bewundernd die Runde um die ganze Tafel machte, vor der nur noch die Stühle fehlten – dann erst durchdrang mich tief das kleine Friedenszeichen, das mir von allen ihren Tellern winkte. Kornblumen waren es, die das Service aus makellosem weißen Porzellan mit einem kleinen Muster überzogen: ein Friedenszeichen, dessen Süßigkeit allein der Blick ermessen konnte, der vertraut mit jenem kriegerischen war, das ich an allen anderen Tagen vor mir hatte.

Ich denke an das blaue Zwiebelmuster. Wie oft hatte ich es im Lauf der Fehden, die an dem Tische ausgetragen wurden, der jetzt so schimmernd vor mir lag, um Beistand angefleht. Unzählige Male war ich seinen Zweigen und Fädchen, Blüten und Voluten nachgegangen, hingebender als je dem schönsten Bild. Nie hatte man um Freundschaft rückhaltloser sich beworben als ich um die des blauen Zwiebelmusters. Ich hätte es so gerne zum Verbündeten in dem ungleichen Kampf gehabt, der mir das Mittagessen oft verbitterte. Doch das gelang mir nie. Denn dieses Muster war käuflich wie ein General aus China, welches denn auch an seiner Wiege gestanden hatte. Die Ehrungen, mit denen es von meiner Mutter überhäuft ward, die Paraden, zu denen sie die Mannschaft einberief, die Totenklagen, die aus der Küche jedem Glied der Truppe, das gefallen war, nachhallten, machten meine Werbung aussichtslos. Denn kalt und kriechend hielt das Zwiebelmuster meinen Blicken stand und hätte nicht das kleinste seiner Blättchen detachiert, um mich zu decken.

Der feierliche Anblick dieser Tafel befreite mich von der fatalen Zeichnung, und das allein hätte genügt, mich zu entzücken. Aber je näher der Abend rückte, desto mehr umflorte sich das Selige, Leuchtende, das er um Mittag mir versprochen hatte. Und wenn dann meine Mutter, trotzdem sie im Hause blieb, nur flüchtig kam, um mir Gute Nacht zu sagen, fühlte ich verdoppelt, welch Geschenk sie sonst mir um die Zeit aufs Deckbett legte: das Wissen um die Stunden, die für sie der Tag noch hatte, und die ich getrost, wie einst die Puppe, in den Schlummer mitnahm. Es waren diese Stunden, die mir heimlich, und ohne dass sie es wusste, in die Falten der Decke fielen, die sie mir zurechtzog, und eben diese Stunden, welche selbst an Abenden, da sie im Fortgehen war, mich trösteten, wenn sie in der Gestalt der schwarzen Spitzen ihres Kopftuchs, das sie schon umgenommen hatte, mich berührten. Ich liebte diese Nähe, und was sie an Duft mir zugab; jede Spanne Zeit, die ich im Schatten dieses Kopftuchs und in Nachbarschaft des gelben Steins gewann, beglückte mich mehr als die Knallbonbons, die mir im Kuss für morgenfrüh von ihr versprochen wurden. Wenn dann von draußen mein Vater nach ihr rief, erfüllte mich bei ihrem Aufbruch nur noch Stolz, so glänzend sie in die Gesellschaft zu entlassen. Und ohne es zu kennen, spürte ich in meinem Bette, kurz bevor ich einschlief, die Wahrheit eines kleinen Rätselworts: »Je später auf den Abend, desto schöner die Gäste.«

DER LESEKASTEN

Nie wieder können wir Vergessenes ganz zurückgewinnen. Und das ist vielleicht gut. Der Chock des Wiederhabens wäre so zerstörend, dass wir im Augenblick aufhören müssten, unsere Sehnsucht zu verstehen. So aber verstehen wir sie, und um so besser, je versunkener das Vergessene in uns liegt. Wie das verlorene Wort, das eben noch auf unseren Lippen lag, die Zunge zu demosthenischer Beflügelung lösen würde, so scheint uns das

Vergessene schwer vom ganzen gelebten Leben, das es uns verspricht. Vielleicht ist, was Vergessenes so beschwert und trächtig macht, nichts anderes als die Spur verschollener Gewohnheiten, in die wir uns nicht mehr finden könnten. Vielleicht ist seine Mischung mit den Stäubchen unserer zerfallenen Gehäuse das Geheimnis, aus dem es überdauert. Wie dem auch sei – für jeden gibt es Dinge, die dauerhaftere Gewohnheiten in ihm entfalteten als alle anderen. An ihnen formten sich die Fähigkeiten, die für sein Dasein mitbestimmend wurden. Und weil das, was mein eigenes angeht, Lesen und Schreiben waren, weckt von allem, was mir in früheren Jahren unterkam, nichts größere Sehnsucht als der Lesekasten. Er enthielt auf kleinen Täfelchen die Lettern, einzeln, in deutscher Schrift, in der sie jünger und auch mädchenhafter schienen als im Druck. Sie betteten sich schlank aufs schräge Lager, jede einzelne vollendet und in ihrer Reihenfolge gebunden durch die Regel ihres Ordens, das Wort, dem sie als Schwestern angehörten. Ich bewunderte, wie soviel Anspruchslosigkeit vereint mit soviel Herrlichkeit bestehen könne. Es war ein Gnadenstand. Und meine Rechte, die sich gehorsam um ihn mühte, fand ihn nicht. Sie musste draußen wie der Pförtner sitzen, der die Erwählten durchzulassen hat. So war ihr Umgang mit den Lettern voll Entsagung. Die Sehnsucht, die er mir erweckt, beweist, wie sehr er eins mit meiner Kindheit gewesen ist. Was ich in Wahrheit in ihm suche, ist sie selbst: die ganze Kindheit, wie sie in dem Griff gelegen hat, mit dem die Hand die Lettern in die Leiste schob, in der sie sich zu Wörtern reihen sollten. Die Hand kann diesen Griff noch träumen, aber nie mehr erwachen, um ihn wirklich zu vollziehen. So kann ich davon träumen, wie ich einmal das Gehen lernte. Doch das hilft mir nichts. Nun kann ich gehen; gehen lernen nicht mehr.

DAS KARUSSELL

Das Brett mit den dienstbaren Tieren rollte dicht überm Boden. Es hatte die Höhe, in der man am besten zu fliegen träumt. Musik setzte ein, und ruckweis rollte das Kind von seiner Mutter fort. Erst hatte es Angst, die Mutter zu verlassen. Dann aber merkte es, wie es selber treu war. Es thronte als treuer Herrscher über einer Welt, die ihm gehörte. In der Tangente bildeten Bäume und Eingeborene Spalier. Da tauchte, in einem Orient, wiederum die Mutter auf. Danach trat aus dem Urwald ein Wipfel, wie ihn das Kind schon vor Jahrtausenden, wie es ihn eben erst im Karussell gesehen hatte. Sein Tier war ihm zugetan: wie ein stummer Arion fuhr es auf seinem stummen Fisch dahin, ein hölzerner Stier-Zeus entführte es als makellose Europa. Längst war die ewige Wiederkehr aller Dinge Kinderweisheit geworden und das Leben ein uralter Rausch der Herrschaft mit dem dröhnenden Orchestrion in der Mitte. Spielte es langsamer, fing der Raum an zu stottern und die Bäume begannen sich zu besinnen. Das Karussell wurde unsicherer Grund. Und die Mutter stand da, der vielfach gerammte Pfahl, um den das landende Kind das Tau seiner Blicke warf.

AFFENTHEATER

Affentheater – dieses Wort hat für Erwachsene etwas Groteskes. Das fehlte ihm als ich zum ersten Mal es hörte. Ich war noch klein. Dass Affen auf der Bühne ungewöhnlich sein mussten, kam im Rahmen dieses Ungewöhnlichsten: der Bühne nicht zur Geltung. Das Wort Theater fuhr mir wie ein Trompetenstoß durchs Herz. Die Phantasie fuhr auf. Jedoch die Spur, an welche sie sich hängte, war nicht die, die hinter die Kulissen führte und den Knaben später leitet, sondern die der Glücklichen und Klugen, die es ihren Eltern abgewonnen hatten, nachmittags ins Theater gehen zu dürfen. Der Zugang zu ihm führte durch eine

Bresche in der Zeit, die Nische des Tags, die der Nachmittag war und in der es schon nach Lampe und Zubettgehn roch, wurde durchschlagen. Nicht um den Blick auf Wilhelm Tell oder Dornröschen freizugeben; zumindest nicht zu diesem Zweck allein. Höher lag der andere: im Theater, unter den anderen zu sitzen, die auch da waren. Was auf mich wartete, wusste ich nicht, doch sicher schien mir zuzusehen nur Teil, ja Vorspiel eines weit bedeutungsvolleren Verhaltens, in das ich dort mit andern mich finden sollte. Von welcher Art das war, wusste ich nicht. Gewiss ging es die Affen genau so gut wie die bewährteste Schauspieltruppe an. Auch war der Abstand vom Affen zum Menschen nicht größer als der vom Menschen zum Theaterspieler.

DAS FIEBER

Das lehrte stets von neuem der Beginn von jeder Krankheit, mit wie sicherem Takt, wie schonend und gewandt das Missgeschick sich bei mir einfand. Aufsehn zu erregen, lag ihm fern. Mit ein paar Flecken auf der Haut, mit einer Übelkeit begann es. Und es war, als sei die Krankheit durchaus gewohnt, sich zu gedulden, bis ihr vom Arzt Quartier bereitet worden sei. Der kam, besah mich und legte Wert darauf, dass ich das Weitere im Bett erwarte. Lesen verbot er mir. Ohnehin hatte ich Wichtigeres zu tun. Denn nun begann ich, was kommen musste, durchzugehen, solange es noch Zeit und mir im Kopfe nicht zu wirr war. Ich maß den Abstand zwischen Bett und Tür und fragte mich, wie lange noch mein Rufen ihn überbrücken könne. Ich sah im Geist den Löffel, dessen Rand die Bitten meiner Mutter besiedelten, und wie, nachdem er meinen Lippen erst so schonungsvoll genähert worden war, mit einemmal sein wahres Wesen durchbrach, indem er mir die bittere Medizin gewaltsam in die Kehle schüttete. Wie ein Mann im Rausch bisweilen rechnet und denkt, nur um zu sehen: er kann es noch, so zählte ich die Sonnenkringel, die an meiner Zimmerdecke schwankten, und die Rauten der Tapete ordnete ich zu immer neuen Bündeln.

Ich bin viel krank gewesen. Daher stammt vielleicht, was andere als Geduld an mir bezeichnen, in Wahrheit aber keiner Tugend ähnelt: die Neigung, alles, woran mir liegt, von weitem sich mir nahen zu sehen wie meinem Krankenbett die Stunden. So kommt es, dass an einer Reise mir die beste Freude fehlt, wenn ich den Zug nicht auf dem Bahnhof lang erwarten konnte, und ebenfalls rührt daher, dass Beschenken zur Leidenschaft bei mir geworden ist; denn was den andern überrascht, das sehe, als Geber, ich von langer Hand voraus. Ja, das Bedürfnis, durch die Wartezeit so wie ein Kranker durch die Kissen, die er im Rücken hat, gestützt, dem Kommenden entgegenzusehen, hat bewirkt, dass späterhin mir Frauen um so schöner schienen, je getroster und länger ich auf sie zu warten hatte. Mein Bett, das sonst der Ort des eingezogensten und stillsten Daseins gewesen war, kam nun zu öffentlichem Rang und Ansehen. Auf lange war es nicht mehr das Revier heimlicher Unternehmungen am Abend: des Schmökerns oder meines Kerzenspiels. Unter dem Kissen lag nicht mehr das Buch, das sonst allnächtlich nach verbotenem Brauch mit letzter Kraft dort hingeschoben wurde. Und auch die Lavaströme und die kleinen Brandherde, welche das Stearin zum Schmelzen brachten, fielen in diesen Wochen fort. Ja, vielleicht raubte die Krankheit mir im Grunde nichts als jenes atemlose, schweigsame Spiel, das niemals frei von einer geheimen Angst für mich gewesen war – Vorbotin jener späteren, die ein gleiches Spiel am gleichen Rand der Nacht begleitete. Die Krankheit hatte kommen müssen, um mir ein reinliches Gewissen zu verschaffen. Das aber war so frisch wie jede Stelle des faltenlosen Lakens, das mich abends, wenn aufgebettet worden war, erwartete.

Meist machte meine Mutter mir das Bett. Vom Diwan aus verfolgte ich, wie sie die Kissen und Bezüge schüttelte, und dachte dabei an die Abende, an denen ich gebadet worden war und dann auf einem Porzellantablett das Abendbrot ans Bett bekommen hatte. Durch ein Gestrüpp von wilden Himbeerranken drang, hinter der Glasur, ein Weib, bemüht, dem Wind ein Banner mit dem Wahlspruch preiszugeben: »Komm nach Osten, komm nach Westen, zu Haus ist's am besten.« Und die Erinnerung an das Abendbrot und an die Himbeerranken war um so viel angenehmer, als der Körper auf immer sich erhaben über das Bedürfnis, etwas zu verzehren, vorkam. Dafür gelüstete ihn nach Geschichten. Die starke Strömung, welche sie erfüllte, ging durch ihn selbst hindurch und schwemmte Krankes wie Treibgut mit sich fort. Schmerz war ein Staudamm, welcher der Erzählung nur anfangs widerstand; er wurde später, wenn sie erstarkt war, unterwühlt und in den Abgrund der Vergessenheit gespült. Das Streicheln bahnte diesem Strom sein Bett. Ich liebte es, denn in der Hand der Mutter rieselten schon Geschichten, welche bald in Fülle ihrem Mund entströmen sollten. Mit ihnen kam das Wenige ans Licht, was ich von meinen Vorfahren erfuhr. Die Laufbahn eines Ahnen, Lebensregeln des Großvaters beschwor man mir herauf, als wolle man mir so begreiflich machen, wie übereilt es sei, der großen Trümpfe, die ich dank meiner Abkunft in der Hand hielt, durch einen frühen Tod mich zu entäußern. Wie nah ich ihm gekommen war, das prüfte zweimal am Tage meine Mutter nach. Behutsam ging sie mit dem Thermometer sodann auf Fenster oder Lampe zu und handhabe das schmale Röhrchen so, als sei mein Leben darin eingeschlossen.

Später, als ich heranwuchs, war für mich die Gegenwart des Seelischen im Leib nicht schwieriger zu enträtseln als der Stand des Lebensfadens in der kleinen Röhre, in der er immer meinem Blick entglitt. Gemessen werden strengte an. Danach blieb ich am liebsten ganz allein, um mich mit meinen Kissen abzugeben. Denn mit den Graten meiner Kissen war ich zu einer Zeit vertraut, in der mir Hügel und Berge noch nicht viel zu sagen hatten. Ich steckte ja mit den Gewalten, welche jene erstehen ließen, unter einer Decke. So richtete ich's manchmal ein, dass sich in diesem Bergwall eine Höhle auftat. Ich kroch hinein; ich zog die Decke über den Kopf und hielt mein Ohr dem dunklen Schlunde hin, die Stille ab und zu mit Worten speisend, die als

Geschichten aus ihr wiederkehrten. Bisweilen mischten sich die Finger ein und führten selber einen Vorgang auf; oder sie machten »Kaufhaus« miteinander, und hinterm »Tisch«, der von den Mittelfingern gebildet wurde, nickten die zwei kleinen dem Kunden, der ich selbst war, eifrig zu.

Doch immer schwächer wurde meine Lust und auch die Macht, ihr Spiel zu überwachen. Zuletzt verfolgte ich fast ohne Neugier das Treiben meiner Finger, die wie träges, verfängliches Gesindel sich im Weichbilde einer Stadt zu schaffen machten, die ein Brand verzehrte. Nicht möglich, ihnen übern Weg zu trauen. Denn hatten sie in Unschuld sich vereint – nie war man sicher, dass nicht beide Trupps, lautlos, wie sie sich eingefunden hatten, ein jeder wieder seines Weges gingen. Und der war manchmal ein verbotener, an dessen Ende eine süße Rast den Ausblick auf die lockenden Gesichte freigab, die in dem Flammenschleier sich bewegten, der hinter den geschlossenen Lidern stand. Denn aller Sorgfalt oder Liebe glückte nicht, das Zimmer, wo mein Bett stand, lückenlos dem Leben unseres Hausstands anzuschließen. Ich musste warten, bis der Abend kam. Dann, wenn die Tür sich vor der Lampe auftat und sich die Wölbung ihrer Glocke schwankend über die Schwelle auf mich zu bewegte, war es, als ob die goldene Lebenskugel, die jede Tagesstunde wirbeln ließ, zum erstenmal den Weg in meine Kammer, wie in ein abgelegenes Fach, gefunden hätte. Und eh der Abend sich's noch selber recht bei mir hatte wohl sein lassen, fing für mich ein neues Leben an; vielmehr das alte des Fiebers blühte unterm Lampenlicht von einem Augenblick zum andern auf.

Nichts als der Umstand, dass ich lag, erlaubte mir, einen Vorteil aus dem Licht zu ziehen, den andere nicht so schnell gewinnen konnten. Ich nutzte meine Ruhe und die Nähe der Wand, die ich in meinem Bette hatte, das Licht mit Schattenbildern zu begrüßen. Nun kamen alle jene Spiele, welche ich meinen Fingern freigegeben hatte, noch einmal unbestimmter, stattlicher, verschlossener auf der Tapete wieder. »Statt sich vor den Schatten des Abends zu fürchten«, so stand es in meinem Spielbuch, »benutzen ihn lustige Kinder vielmehr, um sich einen Spaß zu machen.« Und bilderreiche Anweisungen folgten, nach denen man Steinbock und Grenadier, Schwan und Kaninchen an die Bettwand hätte werfen können. Mir selbst gedieh es freilich selten über den Rachen eines Wolfes hinaus. Nur war er dann so groß und klaffend, dass er den Fenriswolf bedeuten musste, den ich als Weltvernichter in dem gleichen Raum sich in Bewegung setzen ließ, in dem man mich selbst der Kinderkrankheit streitig machte.

Eines Tages zog sie dann ab. Die nahende Genesung lockerte, wie die Geburt, Bindungen, die das Fieber noch einmal schmerzhaft angezogen hatte. Dienstboten fingen an, in meinem Dasein die Mutter wieder öfter zu vertreten. Und eines Morgens gab ich mich von neuem nach langer Pause und mit schwacher Kraft dem Teppichklopfen hin, das durch die Fenster heraufdrang und dem Kinde tiefer sich ins Herz grub als dem Mann die Stimme der Geliebten, dem Teppichklopfen, welches das Idiom der Unterschicht war, wirklicher Erwachsener, das niemals abbrach, bei der Sache blieb, sich manchmal Zeit ließ, träg und abgedämpft zu allem sich bereitfand, manchmal wieder in einen unerklärlichen Galopp fiel, als spute man sich drunten vor dem Regen.

Unmerklich, wie die Krankheit zu Beginn sich mit mir eingelassen hatte, schied sie auch. Doch wenn ich im Begriff war, sie schon wieder ganz zu vergessen, dann erreichte mich ein letzter Gruß von ihr auf meinem Zeugnis. Die Summe der versäumten Stunden war an seinem Fuß verzeichnet. Keineswegs erschienen sie mir grau, eintönig wie die, denen ich gefolgt war, sondern gleich bunten Streifchen an der Brust des Invaliden standen sie gereiht. Ja eine lange Reihe Ehrenzeichen versinnlichte in meinen Augen der Vermerk: Gefehlt – einhundertdreiundsiebzig Stunden.

Nie mehr hat Musik etwas derart Entmenschtes, Schamloses besessen wie die des Militärorchesters, das den Strom von Menschen temperierte, der sich zwischen den Kaffeerestaurationen des Zoo die Lästerallee entlangschob. Heute erkenne ich, was die Gewalt dieser Strömung ausmachte. Für den Berliner gab es keine höhere Schule der Liebe als diese, die umgeben war von den Sandplätzen der Gnus und Zebras, den kahlen Bäumen und Riffen, wo die Aasgeier und die Condore nisteten, den stinkenden Wolfsgattern und den Brutplätzen der Pelikane und Reiher. Die Rufe und die Schreie dieser Tiere mischten sich mit dem Lärm der Pauken und des Schlagzeugs. Das war die Luft, in der zum ersten Mal der Blick des Knaben einer Vorübergehenden sich anzudrängen suchte, während er umso eifriger zu seinem Freund sprach. Und derart angestrengt war sein Bestreben, weder im Tonfall noch im Blick sich zu verraten, dass er von der Vorübergehenden nichts sah.

Viel früher hat er eine andre Blechmusik gekannt. Und wie verschieden waren beide: diese, die sich schwül und lockend im Laub- und Zeltdach wiegte, und jene ältere, die blank und schmetternd in der kalten Luft wie unter einem dünnen Glassturz stand. Sie lockte von der Rousseau-Insel und beschwingte die Schlittschuhläufer auf dem Neuen See zu ihren Schleifen und zu ihren Bögen. Auch ich war unter ihnen, lange eh ich die Herkunft dieses Inselnamens, von den Schwierigkeiten seiner Schreibart zu schweigen, mir träumen ließ. Durch ihre Lage war diese Eisbahn keiner andern zu vergleichen und mehr noch durch ihr Leben in den Jahreszeiten. Denn was machte der Sommer aus den andern? Tennisplätze. Hier jedoch erstreckte unter den weit überhängenden Ästen der Uferbäume sich derselbe See, der mich, gerahmt, im dunklen Speisezimmer bei meiner Großmutter erwartete. Denn man malte ihn damals gern mit seinen labyrinthischen Wasserläufen. Und nun glitt man beim Klang eines Wiener Walzers unter den gleichen Brücken hin, an deren Brüstung gelehnt im Sommer man der trägen Fahrt der Boote durch das dunkle Wasser zusah. Verschlungne Wege gab es in der Nähe und vor allem die abgelegnen Asyle – Bänke »nur für Erwachsene«. Das Rondell der Buddelplätze war damit bestellt, in deren Mitte die Kleinen wühlten oder sinnend standen, bis eins sie anstieß oder von der Bank das Kindermädchen rief, das hinterm Wagen gelehrig seinen Schmöker las und beinah ohne emporzusehen das Kind in Zucht hielt.

Soviel von diesen Ufern. Doch der See lebt mir noch in dem Takte der von Schlittschuhn plumpen Füße, die nach einem Streifzuge übers Eis von neuem den Bretterboden fühlten und in eine Bude polterten, in der ein Eisenofen glühte. Nahebei die Bank, wo man die Last an seinen Füßen noch einmal wog, bevor man sich entschloss, sie abzuschnallen. Ruhte dann der Schenkel schräg auf dem Knie und lockerte der Schlittschuh sich, so wars als wüchsen Flügel uns an beiden Sohlen und mit Schritten, die dem gefrorenen Boden zunickten, traten wir ins Freie. Von der Insel brachte Musik mich noch ein Stück nach Haus.

SCHMÖKER

Aus der Schülerbibliothek bekam ich die liebsten. In den unteren Klassen wurden sie zugeteilt. Der Klassenlehrer sagte meinen Namen, und dann machte das Buch über die Bänke seinen Weg; der eine schob es dem anderen zu, oder es schwankte über die Köpfe hin, bis es bei mir, der sich gemeldet hatte, angekommen war. An seinen Blättern haftete die Spur von Fingern, die sie umgeschlagen hatten. Die Kordel, die den Bund abschloss und oben und unten vorstieß, war verschmutzt. Vor allem aber hatte sich der Rücken viel bieten lassen müssen; daher kam es, dass beide Deckelhälften sich von selbst verschoben und der Schnitt des Bandes Treppchen und Terrassen bildete. An seinen Blättern aber hingen, wie Altweibersommer am Geäst der Bäume, bisweilen schwache Fäden eines Netzes, in das ich einst beim Lesenlernen mich verstrickt hatte.

Das Buch lag auf dem viel zu hohen Tisch. Beim Lesen hielt ich mir die Ohren zu. So lautlos hatte ich doch schon einmal erzählen hören. Den Vater freilich nicht. Manchmal jedoch, im Winter, wenn ich in der warmen Stube am Fenster stand, erzählte das Schneegestöber draußen mir so lautlos. Was es erzählte, hatte ich zwar nie genau erfassen können, denn zu dicht und unablässig drängte zwischen dem Altbekannten Neues sich heran. Kaum hatte ich mich einer Flockenschar inniger angeschlossen, erkannte ich, dass sie mich einer anderen hatte überlassen müssen, die plötzlich in sie eingedrungen war. Nun aber war der Augenblick gekommen, im Gestöber der Lettern den Geschichten nachzugehen, die sich am Fenster mir entzogen hatten. Die fernen Länder, welche mir in ihnen begegneten, spielten vertraulich wie die Flocken umeinander. Und weil die Ferne, wenn es schneit, nicht mehr ins Weite, sondern ins Innere führt, so lagen Babylon und Bagdad, Akko und Alaska, Tromsö und Transvaal in meinem Innern. Die linde Schmökerluft, die sie durchdrang, schmeichelte sie mit Blut und Fährnis so unwiderstehlich meinem Herzen ein, dass es den abgegriffenen Bänden die Treue hielt.

Oder hielt es die Treue älteren, unauffindbaren? Den wundervollen nämlich, die mir nur einmal im Traume wiederzusehen gegeben war? Wie hatten sie geheißen? Ich wusste nichts, als dass es diese längst verschwundenen waren, die ich nie wieder hatte finden können. Nun aber lagen sie in einem Schrank, von dem ich im Erwachen einsehen musste, dass er mir nie vorher begegnet war. Im Traum schien er mir alt und gut bekannt. Die Bücher standen nicht, sie lagen; und zwar in seiner Wetterecke. In ihnen ging es gewittrig zu. Eins aufzuschlagen, hätte mich mitten in den Schoß geführt, in dem ein wechselnder und trüber Text sich wölkte, der von Farben schwanger war. Es waren brodelnde und flüchtige, immer aber gerieten sie zu einem Violett, das aus dem Innern eines Schlachttiers zu stammen schien. Unnennbar und bedeutungsschwer wie dies verfemte Violett waren die Titel, deren jeder mir sonderbarer und vertrauter vorkam als der vorige. Doch ehe ich des ersten besten mich versichern konnte, war ich erwacht, ohne auch nur im Traum die alten Knabenbücher noch einmal berührt zu haben.

SCHÜLERBIBLIOTHEK

In einer Pause wurde das erledigt: man sammelte die Bücher ein und dann verteilte man sie neu an die Bewerber. Nicht immer war ich flink genug dabei. Oft sah ich dann ersehnte Bände dem zufallen, der sie nicht zu schätzen wusste. Wie anders war ihre Welt als die der Lesebücher, wo ich in einzelnen Geschichten Tage, ja Wochen im Quartiere liegen musste wie in Kasernen, welche überm Tor, noch vor der Aufschrift, eine Nummer trugen. Noch schlimmer war es in den Kasematten der vaterländischen Gedichte wo jedwede Zeile eine Zelle war. Wie südlich, linde wehte aus den Büchern, die in der Pause ausgegeben wurden, die laue Schmökerluft mich an. Die Luft, in der der Stefansdom den Türken, die Wien belagerten, herüberwinkte, blauer Rauch sich aus den Pfeifen des Tabakskollegiums wölkte, die Flocken an der Beresina tanzten und fahler Schein Pompeis letzte Tage verkündete. Nur war sie meistens etwas abgestanden, wenn sie aus Oskar Höcker und W. O. von Horn, aus Julius Wolff und Georg Ebers uns entgegenschlug. Am muffigsten jedoch in jenen Bänden »Aus vaterländischer Vergangenheit«, die sich so massenhaft in Sexta angesammelt hatten, dass die Wahrscheinlichkeit, um sie herumzukommen und auf einen Band von Wörishöffer oder Dahn zu fallen, klein war. In ihren roten Leinendeckel war ein Hellebardenträger eingepresst. Schmucke Fähnlein von Reisigen begegneten im Text, dazu ehrsame Handwerksburschen, blonde Töchter von Kastellanen oder Waffenschmieden, Vasallen, die ihrem Herrn den Treueid hielten; aber auch der falsche Truchsess, welcher Ränke spann und fahrende

Gesellen, die im Sold des welschen Königs standen, fehlten nicht. Je weniger wir Kaufmannssöhne und Geheimratskinder uns unter all dem Knechts- und Herrenvolke etwas denken konnten, desto besser ging diese festgeschiente, hochgesinnte Welt in unsere Wohnung ein. Das Wappen überm Tor der Ritterburg fand ich im Ledersessel meines Vaters, der vor dem Schreibtisch thronte, Humpen wie sie die Runde an der Tafel Tillys machten, standen auf der Konsole unserer Kachelöfen oder dem Vertiko im Vestibül und Schemel, wie sie in den Mannschaftsstuben, frech über Eck gestellt, den Weg versperrten, standen auf unsern Aubüssons ganz ebenso, nur dass kein Prittwitzscher Dragoner rittlings draufsaß. In einem Falle aber glückte die Verschmelzung beider Welten nur allzugut. Das war im Zeichen eines Schmökers, dessen Titel gar nicht zum Inhalt passte. Haften blieb mir nur der Teil, auf den ein Öldruck sich bezog, den ich mit nie vermindertem Entsetzen aufschlug. Ich floh und suchte dieses Bild zugleich; es ging mir damit wie später mit dem Bild im Robinson, das Freitag an der Stelle zeigt, an der er zum erstenmal die Spur von fremden Tritten und unweit Schädel und Gerippe findet. Doch wieviel dumpfer war das Grauen, das von der Frau im weißen Nachtgewande ausging, die mit offnen Augen doch wie schlafend und sich mit einem Kandelaber leuchtend durch eine Galerie hinwandelte. Die Frau war Kleptomanin. Und dies Wort, in dem ein bleckender und böser Vorklang die beiden schon so geisterhaften Silben »Ahnin« verzerrte wie Hokusai ein Totenantlitz durch ein paar Pinselstriche zum Gespenst macht – dies Wort versteinerte mich vor Entsetzen. Längst stand das Buch – es hieß »Aus eigener Kraft« – wieder im Klassenschrank der Sexta als der Flur, der vom berliner Zimmer in die hinteren führte, noch immer jene lange Galerie war, durch die die Schlossfrau nächtlich wandelte. Aber diese Bücher mochten gemütlich oder grauenhaft, langweilig oder spannend sein – nichts konnte ihren Zauber steigern oder mindern. Denn er war nicht auf ihren Inhalt angewiesen, lag vielmehr darin, immer wieder mich der einen Viertelstunde zu versichern, um derentwillen mir das ganze Elend des öden Schulbetriebs erträglich vorkam. Ich stimmte mich auf sie schon wenn ich abends das Buch in meine fertige Mappe steckte, welche von dieser Last nur leichter wurde. Das Dunkel, das es dort mit meinen Heften, Lehrbüchern, Federkästen teilte, passte zu dem geheimnisvollen Vorgang, dem es am nächsten Vormittag entgegenharrte. Denn endlich war der Augenblick gekommen, der mich im gleichen Raume, der noch eben Schauplatz meiner Erniedrigung gewesen war, mit jener Fülle von Macht bekleidete, wie sie dem Faust zufällt, wenn Mephistopheles bei ihm erscheint. Was war der Lehrer, der das Podium nun verlassen hatte, um Bücher einzusammeln und am Klassenschrank dann wieder auszugeben, wenn nicht ein niedrer Teufel, der der Macht zu schaden sich entäußern musste, um im Dienst meiner Gelüste seine Kunst zu zeigen. Und wie schlug jeder seiner schüchternen Versuche fehl, mit einem Hinweis meine Wahl zu lenken. Wie blieb er ganz und gar geprellt als armer Teufel bei seiner Fron zurück, wenn ich schon längst auf einem Zauberteppich unterwegs ins Zelt des letzten Mohikaners oder ins Lager Konradins von Staufen war.

NEUER DEUTSCHER JUGENDFREUND

Die Beseligung, mit welcher man ihn entgegennahm, kaum wagte, einen Blick hineinzuwerfen, war die des Gastes, der auf einem Schlosse angekommen, kaum wagt, mit einem Blicke der Bewunderung die langen Fluchten von Gemächern zu streifen, die er bis zu seinem Zimmer durchschreiten muss. Desto ungeduldiger ist er, sich zurückziehn zu dürfen. Und so hatte ich denn auch kaum alljährlich auf dem Weihnachtstisch den letzten Band des »Neuen deutschen Jugendfreunds« gefunden, als ich mich hinter die Brustwehr seines wappengeschmückten Deckels zurückzog, um in die Waffen- oder Jagdkammer mich vorzutasten, in welcher ich die erste Nacht zubringen wollte. Es gab nichts Schönres als in dieser flüchtigen Durchmusterung des Leselabyrinths die unterirdischen Gänge aufzuspüren, als welche sich die längeren Geschichten, vielfältig unterbrochen, um stets wieder als »Fortsetzung« an das Licht zu treten, durch das Ganze hinzogen. Was tat es, wenn der Duft des Marzipans mit einmal aus dem Pulverdampfe einer Schlacht zu dringen schien, auf deren Bild ich beim verzückten Blättern geraten war. Hatte man aber eine Weile vertieft gesessen und trat dann wieder an den Tisch mit den Geschenken, so stand er nicht mehr wie beim ersten Schritt ins Weihnachtszimmer fast gebietend da, sondern es war als schritte man eine kleine Estrade hinunter, die uns von unserm Geisterschloss wieder in den Abend hinabführte.

Ein Gespenst

Es war ein Abend meines siebenten oder achten Jahres vor unserer babelsberger Sommerwohnung. Eins unserer Mädchen steht noch eine Weile am Gittertor, das auf, ich weiß nicht welche, Allee herausführt. Der große Garten, in dessen verwilderten Randgebieten ich mich herumgetrieben habe, hat sich schon für mich geschlossen. Es ist Zeit zum Zubettgehen geworden. Vielleicht habe ich mich an meinem Lieblingsspiel ersättigt und irgendwo am Drahtzaun im Gestrüpp mit Gummibolzen meiner Heurekapistole nach den hölzernen Vögeln gezielt, die von dem Anprall des Geschosses aus der Scheibe fielen, wo sie, in das gemalte Blattwerk eingelassen, saßen. Den ganzen Tag hatte ich ein Geheimnis für mich behalten – nämlich den Traum der letztvergangenen Nacht. Mir war darinnen ein Gespenst erschienen. Den Ort, an dem es sich zu schaffen machte, hätte ich schwerlich schildern können. Doch hatte er mit einem Ähnlichkeit, der mir bekannt war, wenn auch unzugänglich. Das war im Zimmer, wo die Eltern schliefen, eine Ecke, die ein verschossener, violetter Vorhang von Plüsch verkleidete, und hinter ihm hingen die

Morgenröcke meiner Mutter. Das Dunkel hinter der Portiere war unergründlich: der Winkel das verrufene Pendant des lichten Paradieses, das sich mit dem Wäscheschrank der Mutter mir eröffnete. Dessen Bretter, an denen, blaugestickt auf weißen Borten, ein Text aus Schillers »Glocke« sich entlang zog, trugen gestapelt Bett- und Wirtschaftswäsche, Laken, Bezüge, Tischtücher, Servietten. Lavendelduft kam aus den kleinen, prallen, seidenen Sachets, die über dem gefälteten Bezug der Rückwand beider Spindentüren baumelten. So war der alte, geheimnisvolle Wirk- und Webezauber, der einst im Spinnrad seinen Ort besessen, in Himmelreich und Hölle aufgeteilt. Der Traum nun war aus dieser; ein Gespenst, das sich an einem hölzernen Gestell zu schaffen machte, von dem Seiden hingen. Diese Seiden stahl das Gespenst. Es raffte sie nicht an sich, trug sie auch nicht fort; es tat mit ihnen und an ihnen eigentlich nichts. Und dennoch wusste ich: es stahl sie; wie in Sagen die Leute, die ein Geistermahl entdecken, von diesen Geistern, ohne sie doch essend oder trinkend zu gewahren, erkennen, dass sie eine Mahlzeit halten. Dieser Traum war es, den ich für mich behalten hatte. Die Nacht nun, welche auf ihn folgte, bemerkte ich zu ungewohnter Stunde – und es war, als schiebe sich in den vorigen Traum ein zweiter ein – die Eltern in mein Zimmer treten. Dass sie sich bei mir einschlossen, sah ich schon nicht mehr. Am andern Morgen, als ich erwachte, gab es nichts zum Frühstück. Die Wohnung, so begriff ich, war ausgeraubt. Mittags kamen Verwandte mit dem Nötigsten. Eine vielköpfige Verbrecherbande hatte bei Nacht sich eingeschlichen. Und ein Glück, erklärte man, dass das Geräusch im Haus auf ihre Stärke hatte schließen lassen. Bis gegen Morgen hatte der gefährliche Besuch gedauert. Vergebens hatten die Eltern hinter meinem Fenster die Dämmerung erwartet, in der Hoffnung, Signale nach der Straße tun zu können. Auch mich verwickelte man in den Vorfall. Zwar wusste ich nichts über das Verhalten des Mädchens, das am Abend vor dem Gittertor gestanden hatte; aber der Traum der vorvergangenen Nacht schuf mir Gehör. Wie Blaubarts Frau, so schlich die Neugier sich in seine abgelegene Kammer. Und noch im Sprechen merkte ich mit Schrecken, dass ich ihn nie hätte erzählen dürfen.

DAS PULT

Der Arzt fand, ich sei kurzsichtig. Und er verschrieb mir nicht nur eine Brille sondern auch ein Pult. Es war sehr sinnreich konstruiert. Man konnte den Sitz verstellen, derart dass er näher oder entfernter vor der Platte lag, die abgeschrägt war und zum Schreiben diente, dazu der waagerechte Balken an der Lehne, welcher dem Rücken einen Halt bot, nicht zu reden von einer kleinen Bücherstütze, die das Ganze krönte und verschiebbar war. Das Pult am Fenster wurde bald mein Lieblingsplatz. Der kleine Schrank, der unter seinem Sitz verborgen war, enthielt nicht nur die Bücher, die ich in der Schule brauchte, sondern auch das Album mit den Marken und die drei, die von der Ansichtskartensammlung eingenommen wurden. Und an dem starken Haken an der Seite des Pults hing nicht nur, neben dem Frühstückskörbchen, meine Mappe sondern auch der Säbel der Husarenuniform und die Botanisiertrommel. Oft war es, wenn ich aus der Schule kam, mein Erstes, mit meinem Pulte Wiedersehn zu feiern, indem ich es zum Schauplatz irgend einer meiner geliebtesten Beschäftigungen machte – des Abziehns zum Beispiel. Dann stand bald eine Tasse mit warmem Wasser an der Stelle, die vorher vom Tintenfasse eingenommen wurde und ich begann, die Bilder auszuschneiden. Wieviel verhieß der Schleier, hinter dem sie aus Bögen und aus Heften auf mich starrten. Der Schuster über seinem Leisten und die Kinder, die äpfelpflückend auf dem Baume sitzen, der Milchmann vor der winterlich verschneiten Tür, der Tiger, der sich zum Sprunge auf den Jäger duckt, aus dessen Büchse gerade Feuer kommt, der Angler im Gras vor seinem blauen Bächlein und die Klasse, die auf den Lehrer achtet, welcher ihr vorn an der Tafel etwas vormacht, der Drogist vor seinem reichbestellten bunten Laden, der Leuchtturm mit dem Segelboot davor – sie alle waren von einem Nebelhauche überzogen. Wenn sie dann aber sanft durchleuchtet auf dem Blatte ruhten und unter meinen Fingerspitzen, die vorsichtig rollend, schabend, reibend auf ihrem Rücken hin- und widerfuhren, die dicke Schicht in dünnen Walzen abging, zuletzt auf ihrem rissigen, geschundnen Rücken in kleinen Fleckchen süß und unverstellt die Farbe durchbrach, war's als ginge über der trüben, morgendlich verwaschnen Welt die strahlende Septembersonne auf und alles, noch durchfeuchtet von dem Tau, der in der Dämmerung es erfrischte, glühe nun einem neuen Schöpfungstag entgegen. Doch hatte ich genug an diesem Spiel, so fand sich immer noch ein Vorwand um die Schularbeiten weiter zu vertagen. Gern ging ich an die Durchsicht alter Hefte, die einen ganz besonderen Wert dadurch besaßen, dass mir's gelungen war, sie vor dem Zugriff des Lehrers, der den Anspruch auf sie hatte, zu bewahren. Nun ließ ich meinen Blick auf den Zensuren, die er mit roter Tinte darin eingetragen hatte, ruhen und stille Lust erfüllte mich dabei. Denn wie die Namen Verstorbner auf dem Grabstein, die nun nie mehr von Nutzen noch von Schaden werden können, standen die Noten da, die ihre Kraft an frühere Zensuren abgegeben hatten. Auf andere Art und mit noch besserem Gewissen ließ eine Stunde auf dem Pulte sich beim Basteln an Heften oder Schulbüchern vertrödeln. Die Bücher mussten einen Umschlag aus kräftigem blauen Packpapier erhalten, und was die Hefte anging, so bestand die Vorschrift, einem jeden sein Löschblatt unverlierbar beizugeben. Zu diesem Zwecke gab es kleine Bändchen, die man in allen Farben kaufen konnte. Am Deckel jedes Hefts und auf dem Löschblatt befestigte man diese Bändchen mit Oblaten. Wenn man für einigen Farbenreichtum sorgte, so konnte man zu sehr verschiedenartigen, den stimmungsvollsten wie den grellsten Arrangements gelangen. So hatte das Pult zwar mit der Schulbank Ähnlichkeit. Doch umso besser, dass ich dennoch dort geborgen war und Raum für Dinge hatte, von denen sie nichts wissen darf. Das Pult und ich, wir hielten gegen sie zusammen. Und ich hatte es nach ödem Schultag kaum zurückgewonnen, so gab es frische Kräfte an mich ab. Nicht nur zu Hause durfte ich mich fühlen, nein im Gehäuse, wie nur einer der Kleriker, die auf den mittelalterlichen Bildern in ihrem Betstuhl oder Schreibepult gleichwie in einem Panzer zu sehen sind. In diesem Bau begann ich »Soll und Haben« und »Zwei Städte«. Ich suchte mir die stillste Zeit am Tag und diesen abgeschiedensten von allen Plätzen. Danach schlug ich die erste Seite auf und war dabei so feierlich gestimmt wie jemand, der den Fuß auf einen neuen Erdteil setzt. Auch war es in der Tat ein neuer Erdteil, auf dem die Krim und Kairo, Babylon und Bagdad, Alaska und Taschkent, Delphi und Detroit so nah sich aufeinanderschoben wie die goldenen Medaillen auf den Zigarrenkisten, die ich sammelte. Nichts tröstlicher als derart eingeschlossen von allen Instrumenten meiner Qual – Vokabelheften, Zirkeln, Wörterbüchern – zu weilen, wo ihr Anspruch nichtig wurde.

EIN WEIHNACHTSENGEL

Mit den Tannenbäumen begann es. Eines Morgens, als wir zur Schule gingen, hafteten an den Straßenecken die grünen Siegel, die die Stadt wie ein großes Weihnachtspaket an hundert Ecken und Kanten zu sichern schienen. Dann barst sie eines schönen Tages dennoch, und Spielzeug, Nüsse, Stroh und Baumschmuck quollen aus ihrem Innern: der Weihnachtsmarkt. Mit ihnen aber quoll noch etwas anderes hervor: die Armut. Wie nämlich Äpfel und Nüsse mit ein wenig Schaumgold neben dem Marzipan sich auf dem Weihnachtsteller zeigen durften, so auch die armen Leute mit Lametta und bunten Kerzen in den besseren Vierteln. Die Reichen aber schickten ihre Kinder vor, um denen der Armen wollene Schäfchen abzukaufen oder Almosen auszuteilen, die sie selbst vor Scham nicht über ihre Hände brachten. Inzwischen stand bereits auf der Veranda der Baum, den meine Mutter insgeheim gekauft und über die Hintertreppe in die Wohnung hatte bringen lassen. Und wunderbarer als alles, was das Kerzenlicht ihm gab, war, wie das nahe Fest in seine Zweige mit jedem Tage dichter sich verspann. In den Höfen begannen die Leierkasten die letzte Frist mit Chorälen zu dehnen. Endlich war sie dennoch verstrichen und einer jener Tage wieder da, an deren frühesten ich mich hier erinnere.

In meinem Zimmer wartete ich, bis es sechs werden wollte. Kein Fest des späteren Lebens kennt diese Stunde, die wie ein Pfeil im Herzen des Tages zittert. Es war schon dunkel; trotzdem entzündete ich nicht die Lampe, um den Blick nicht von den Fenstern überm Hof zu wenden, hinter denen nun die ersten Kerzen zu sehen waren. Es war von allen Augenblicken, die das Dasein des Weihnachtsbaumes hat, der bänglichste, in dem er Nadeln und Geäst dem Dunkel opfert, um nichts zu sein als nur ein unnahbares und doch nahes Sternbild im trüben Fenster einer Hinterwohnung. Doch wie ein solches Sternbild hin und wieder eins der verlassenen Fenster begnadete, indessen viele weiter dunkel blieben und andere noch trauriger im Gaslicht der früheren Abende verkümmerten, schien mir, dass diese weihnachtlichen Fenster die Einsamkeit, das Alter und das Darben – all das, wovon die armen Leute schwiegen – in sich fassten.

Dann fiel mir wieder die Bescherung ein, die meine Eltern eben rüsteten. Kaum aber hatte ich so schweren Herzens, wie nur die Nähe eines sichern Glücks es macht, mich von dem Fenster abgewandt, so spürte ich eine fremde Gegenwart im Raum. Es war nichts als ein Wind, so dass die Worte, die sich auf meinen Lippen bildeten, wie Falten waren, die ein träges Segel plötzlich vor einer frischen Brise wirft: »Alle Jahre wieder, kommt das Christuskind, auf die Erde nieder, wo wir Menschen sind« – mit diesen Worten hatte sich der Engel, der in ihnen begonnen hatte, sich zu bilden, auch verflüchtigt. Doch nicht mehr lange blieb ich im leeren Zimmer. Man rief mich in das gegenüberliegende, in dem der Baum nun in die Glorie eingegangen war, welche ihn mir entfremdete, bis er, des Untersatzes beraubt, im Schnee verschüttet oder im Regen glänzend, das Fest da endete, wo es ein Leierkasten begonnen hatte.

SCHRÄNKE

Der erste Schrank, der aufging, wann ich wollte, war die Kommode. Ich hatte nur am Knopf zu ziehen, so schnappte die Tür aus ihrem Schlosse mir entgegen. Drinnen lag meine Wäsche aufbewahrt. Unter all meinen Hemden, Hosen, Leibchen, die dort gelegen haben müssen und von denen ich nichts mehr weiß, war aber etwas, das sich nicht verloren hat und mir den Zugang zu diesem Schranke stets von neuem lockend und abenteuerlich erscheinen ließ. Ich musste mir Bahn bis in den hinteren Winkel machen; dann stieß ich auf meine Strümpfe, welche da gehäuft und in althergebrachter Art, gerollt und eingeschlagen, ruhten, so dass jedes Paar das Aussehen einer kleinen Tasche hatte. Nichts ging mir über das Vergnügen, meine Hand so tief wie möglich in ihr Inneres zu versenken. Und nicht nur ihrer wolligen Wärme wegen. Es war »Das Mitgebrachte«, das ich immer im eingerollten Innern in der Hand hielt und das mich derart in die Tiefe zog. Wenn ich es mit der Faust umspannt und mich nach Kräften in dem Besitz der weichen, wollenen Masse bestätigt hatte, fing der zweite Teil des Spiels an, der die atemraubende Enthüllung brachte. Denn nun ging ich daran, »Das Mitgebrachte« aus seiner wollenen Tasche auszuwickeln. Ich zog es immer näher an mich heran, bis das Bestürzende vollzogen war: »Das Mitgebrachte« seiner Tasche ganz entwunden, jedoch sie selbst nicht mehr vorhanden war. Nicht oft genug konnte ich so die Probe auf jene rätselhafte Wahrheit machen: dass Form und Inhalt, Hülle und Verhülltes, »Das Mitgebrachte« und die Tasche eines waren. Eines – und zwar ein Drittes: jener Strumpf, in den sie beide sich verwandelt hatten. Bedenke ich, wie unersättlich ich gewesen bin, dies Wunder zu beschwören, so bin ich sehr versucht, in meinem Kunstgriff ein kleines, schwesterliches

Gegenstück der Märchen zu vermuten, welche gleichfalls mich in die Geister- oder Zauberwelt einluden, um am Schluss mich gleich unfehlbar der schlichten Wirklichkeit zurückzugeben, die mich so tröstlich aufnahm wie ein Strumpf. Danach vergingen Jahre. Mein Vertrauen in die Magie war schon erschüttert; schärferer Reize bedurfte es, um es zurückzubringen. Ich begann sie im Sonderbaren, Schrecklichen, Verwunschenen zu suchen, und auch diesmal war's ein Schrank, vor dem ich sie zu kosten trachtete. Aber das Spiel war ein gewagteres. Mit der Unschuld war es vorbei und ein Verbot erschuf es. Verboten nämlich waren mir die Schriften, von denen ich mir reichlichen Ersatz für die verlorene Märchenwelt versprach. Zwar blieben mir die Titel – »Die Fermate«, »Das Majorat«, »Heimatochare« – dunkel. Jedoch für alle, die ich nicht verstand, hatte der Name »Gespenster-Hoffmann« und die strenge Weisung, ihn niemals aufzuschlagen, mir zu bürgen. Endlich gelang es mir, zu ihnen vorzustoßen. Vormittags konnte es sich treffen, dass ich von der Schule schon zurück war, ehe noch die Mutter aus der Stadt, mein Vater aus dem Geschäft nach Hause gekommen waren. An solchen Tagen ging ich ohne die geringste Zeitversäumnis an den Bücherschrank. Das war ein sonderbares Möbel; der Fassade konnte man es nicht ansehen, dass es Bücher beherbergte. Seine Türen trugen im Innern ihres Eichenrahmens Füllungen, die aus Glas bestanden. Und zwar setzten sie sich aus kleinen Butzenscheiben zusammen, welche, jede einzelne, mit einer bleiernen Umfassung von den benachbarten geschieden waren. Die Butzenscheiben aber waren rot und grün und gelb gefärbt und völlig undurchsichtig. So war das Glas an diesen Türen Unfug, und als wolle es Rache für ein Schicksal nehmen, das es so missbraucht hatte, glänzte es in vielen verdrießlichen Reflexen, welche keinen in seine Nähe luden. Doch wenn mich damals die ungute Luft, die um dies Möbel witterte, betroffen hätte, so wäre sie mir nur ein Anreiz mehr für den Handstreich gewesen, den ich in dieser tauben, hellen und gefährlichen Vormittagsstunde darauf plante. Ich riss die Flügel auf, ertastete den Band, den ich nicht in der

Reihe, sondern im Dunkeln hinter ihr zu suchen hatte, erblätterte mir fieberhaft die Seite, auf der ich stehengeblieben war, und ohne mich vom Fleck zu rühren, fing ich an, die Blätter vor der offenen Schranktür überfliegend, die Zeit, bis meine Eltern kamen, auszunutzen. Von dem, was ich las, verstand ich nichts. Jedoch die Schrecken jeder Geisterstimme und jeder Mitternacht und jedes Fluchs steigerten und vollendeten sich durch die Ängste des Ohrs, das jeden Augenblick den Laut des Wohnungsschlüssels und den dumpfen Stoß erwartete, mit welchem der Spazierstock des Vaters draußen in den Ständer fiel. – Es war ein Zeichen der Sonderstellung, die die geistigen Güter im Haus behaupteten, dass dieser Schrank als einziger unter allen offenblieb. Denn zu den anderen gab es keinen Zugang als durch den Schlüsselkorb, der jede Hausfrau in jenen Jahren überall im Haus begleitete, um doch auf Schritt und Tritt von ihr vermisst zu werden. Das Scheppern des Schlüsselhaufens, welchen sie durchwühlte, ging jedem Hausgeschäft voraus; es war das Chaos, das darin aufbegehrte, ehe das Bild der heiligen Ordnung hinter den weitoffenen Schranktüren wie im Grund des Altarschreins zu uns hinübergrüßte. Auch von mir verlangte es Verehrung und selbst Opfer. Nach jedem Weihnachts- und Geburtstagsfest war zu entscheiden, welches der Geschenke dem »neuen Schrank« zu stiften sei, zu dem die Mutter mir den Schlüssel aufbewahrte. Alles Verschlossene blieb länger neu. Doch nicht das Neue zu halten, sondern das Alte zu erneuern lag in meinem Sinn. Das Alte zu erneuern dadurch, dass ich selbst, der Neuling, mir's zum Meinen machte, war das Werk der Sammlung, die sich mir im Schubfach häufte. Jeder Stein, den ich fand, jede gepflückte Blume und jeder gefangene Schmetterling war mir schon Anfang einer Sammlung, und alles, was ich überhaupt besaß, machte mir eine einzige Sammlung aus. »Aufräumen« hätte einen Bau vernichtet voll stachliger Kastanien, die Morgensterne, Stanniolpapiere, die ein Silberhort, Bauklötze, die Särge, Kakteen, die Totembäume, und Kupferpfennige, die Schilde waren. So wuchs und so vermummte sich die Habe der

Kindheit in den Fächern, Läden, Kästen. Und was einst aus dem alten Bauernhaus ins Märchen einging – jene letzte Kammer, die dem Marienkind verboten ist – das ist im Großstadthaus zum Schrank geschrumpft. Der düsterste von allen aber war im Hausstand jener Tage das Büfett. Ja, was ein Speisezimmer und sein dumpfes Mysterium war, ermaß nur der, dem es einmal gelang, das Missverhältnis der Tür zum breiten, massigen und bis zur Decke aufgegipfelten Büfett sich klarzumachen. Es schien auf seinen Platz im Raume so verbürgte Rechte zu haben wie auf jenen in der Zeit, in die es als Zeuge einer Stammverwandtschaft ragte, die einst in grauer Frühe Immobilien und Mobiliar verbunden haben mochte. Die Reinmachfrau, die alles ringsumher entvölkerte, kam ihm nicht bei. Sie konnte nur die Silberkübel und Terrinen, die Delfter Vasen und Majoliken, die bronzenen Urnen und die Glaspokale, die in seinen Nischen und unter seinen Muschelbaldachinen, auf seinen Terrassen und Estraden, zwischen seinen Portalen und vor seinen Täfelungen standen, abtragen und im Nebenzimmer häufen. Die steile Höh, auf der sie thronten, machte sie jeder praktischen Verwendung fremd. Darum sah das Büfett mit gutem Grund den Tempelbergen ähnlich. Auch konnte es mit Schätzen prunken, wie die Götzen sie gern um sich haben. Dafür war dann der Tag, an dem Gesellschaft war, der rechte. Schon mittags öffnete sich sein Massiv, um mich in seinen Schächten, die mit Samt wie mit graugrünem Moos bezogen waren, den Silberhort des Hauses sehen zu lassen. Was aber dort auch lag, das war nicht zehnfach, nein zwanzig- oder dreißigfach vorhanden. Und wenn ich diese langen, langen Reihen von Mokkalöffeln oder Messerbänkchen, Obstmessern oder Austerngabeln sah, stritt mit der Lust an dieser Fülle Angst, als sähen die, die nun erwartet wurden, einander gleich wie unsere Tischbestecke.

In meiner Kindheit war ich ein Gefangener des alten und neuen Westens. Mein Clan bewohnte diese beiden Viertel damals in einer Haltung, die gemischt war aus Verbissenheit und Selbstgefühl und die aus ihnen ein Ghetto machte, das er als sein Lehen betrachtete. In dies Quartier Besitzender blieb ich geschlossen, ohne um ein anderes zu wissen. Die Armen – für die reichen Kinder meines Alters gab es sie nur als Bettler. Und es war ein großer Fortschritt der Erkenntnis, als mir zum erstenmal die Armut in der Schmach der schlechtbezahlten Arbeit dämmerte. Das war in einer kleinen Niederschrift, vielleicht der ersten, die ich ganz für mich selbst verfasste. Sie hatte es mit einem Mann zu tun, der Zettel austeilt und mit den Erniedrigungen, die er durch ein Publikum erfährt, das für die Zettel kein Interesse hat. So kommt es, dass der Arme – damit schloss ich – sich heimlich seines ganzen Packs entledigt. Gewiss die unfruchtbarste Bereinigung der Lage. Aber keine andere Form der Revolte ging mir damals ein als die der Sabotage; diese freilich aus eigenster Erfahrung. Auf sie griff ich zurück, wenn ich der Mutter mich zu entziehen suchte. Am liebsten aber bei den »Besorgungen«, und zwar mit einem verstockten Eigensinn, der meine Mutter oft zur Verzweiflung brachte. Ich hatte nämlich die Gewohnheit angenommen, immer um einen halben Schritt zurückzubleiben. Es war als wolle ich in keinem Falle eine Front, und sei es mit der eigenen Mutter, bilden. Wieviel ich dieser träumerischen Resistenz bei den gemeinschaftlichen Gängen durch die Stadt zu danken hatte, fand sich später, als ihr Labyrinth sich dem Geschlechtstrieb öffnete. Der aber suchte mit seinem ersten Tasten nicht den Leib, sondern die ganz verworfene Psyche, deren Flügel faulig im Scheine einer Gaslaterne glänzten oder noch unentfaltet unterm Pelz, in welchen sie verpuppt war, schlummerten. Ein Blick, der nicht den dritten Teil von dem zu sehen scheint, was er in Wahrheit umfasste, kam mir nun zugut. Schon damals aber als noch meine Mutter mein Brodeln und verschlafenes

Schlendern schalt, spürte ich dumpf die Möglichkeit, im Bund mit diesen Straßen, in denen ich mich scheinbar nicht zurechtfand, mich später ihrer Herrschaft zu entziehn. Kein Zweifel jedenfalls, dass ein Gefühl – ein trügerisches leider – ihr und ihrer und meiner eignen Klasse abzusagen, Schuld an dem beispiellosen Anreiz trug, auf offener Straße eine Hure anzusprechen. Stunden konnte es dauern, bis es dahin kam. Das Grauen, das ich dabei fühlte, war das gleiche, mit dem mich ein Automat erfüllt hätte, den in Betrieb zu setzen, es an einer Frage genug gewesen wäre. Und so warf ich denn meine Stimme durch den Schlitz. Dann sauste das Blut in meinen Ohren und ich war nicht fähig, die Worte, die da vor mir aus dem stark geschminkten Munde fielen, aufzulesen. Ich lief davon, um in der gleichen Nacht – wie häufig noch – den tollkühnen Versuch zu wiederholen. Wenn ich dann, manchesmal schon gegen Morgen, in einer Torfahrt innehielt, hatte ich mich in die asphaltenen Bänder der Straße hoffnungslos verstrickt, und die saubersten Hände waren es nicht, die mich freimachten.

WINTERABEND

Manchmal nahm mich an Winterabenden meine Mutter zum Kaufmann mit. Es war ein dunkles, unbekanntes Berlin, das sich im Gaslicht vor mir ausbreitete. Wir blieben im alten Westen, dessen Straßenzüge einträchtiger und anspruchsloser waren als die später bevorzugten. Die Erker und Säulen gewahrte man nicht mehr deutlich, und in die Fassaden war Licht getreten. Lag es an den Mullgardinen, den Stores oder dem Gasstrumpf unter der Hängelampe – dies Licht verriet von den erleuchteten Zimmern wenig. Es hatte es nur mit sich selbst zu tun. Es zog mich an und machte mich nachdenklich. Das tut es in der Erinnerung heute noch. Dabei geleitet es mich am liebsten zu einer von meinen Ansichtskarten. Sie stellte einen Berliner Platz dar. Die Häuser, die ihn umgaben, waren von zartem Blau, der nächtliche

Himmel, an dem der Mond stand, von dunklerem. Der Mond und die sämtlichen Fenster waren in der blauen Kartonschicht ausgespart. Sie wollten gegen die Lampe gehalten werden, dann brach ein gelber Schein aus den Wolken und Fensterreihen. Ich kannte die abgebildete Gegend nicht. »Hallesches Tor« stand darunter. Tor und Halle traten in ihr zusammen und bildeten die erhellte Grotte, in welcher ich die Erinnerung an das winterliche Berlin vorfinde.

DER NÄHKASTEN

Die Spindel kannten wir nicht mehr, die das Dornröschen stach und es in hundertjährigen Schlaf versenkte. Aber wie Schneewittchens Mutter, die Königin, am Fenster saß, wenn es schneite, so hat auch unsere Mutter mit dem Nähzeug am Fenster gesessen, und nur darum fielen keine drei Tropfen Blut, weil sie einen Fingerhut bei der Arbeit trug. Dafür war dessen Kuppe selbst von blassem Rot, und kleine Vertiefungen wie Spuren früherer Stiche verzierten sie. Hielt man ihn aber gegens Licht, so glühte er am Ende seiner finsteren Höhlung, in der unser Zeigefinger so gut Bescheid wusste. Denn gern bemächtigten wir uns der kleinen Krone, die im Verborgenen uns bekrönen könnte. Wenn ich sie auf den Finger schob, begriff ich, wie meine Mutter für die Dienstmädchen hieß. Sie meinten »gnädige Frau«, verstümmelten jedoch das erste Wort, so schien mir lange, dass sie Näh-Frau sagten. Man hätte keinen Titel finden können, in welchem sich die Machtvollkommenheit der Mutter einleuchtender für mich bekundet hätte.

Wie alle echten Herrschersitze hatte auch der ihre am Nähtisch seinen Bannkreis. Und bisweilen bekam ich ihn zu spüren. Unbeweglich, mit angehaltenem Atem stand ich drin. Die Mutter aber hatte gerade eben entdeckt, es sei, eh ich sie auf Besuch oder zu Einkäufen begleiten dürfe, an meinem Anzug etwas auszubessern. Und nun hielt sie den Ärmel meiner Matrosenbluse, in welchem ich den Arm schon stecken hatte, in der Hand, um den blauweißen Aufschlag festzunähen oder sie gab mit ein paar schnellen Stichen dem seidenen Schifferknoten seinen »Pli«. Ich aber stand dabei und kaute an dem schweißigen Gummibande meiner Mütze, das mir sauer schmeckte.

In solchen Augenblicken, da das Nähzeug am strengsten über mich gebot, begann Trotz und Empörung sich in mir zu melden. Nicht nur, weil diese Sorge für den Anzug, den ich doch schon am Körper hatte, die Geduld auf eine allzu harte Probe stellte, nein, mehr noch, weil, was mit mir vorgenommen wurde, nicht in dem mindesten Verhältnis stand zu dem vielfarbigen Aufgebot der Seiden, den feinen Nadeln und den Scheren in verschiedenen Größen, welche vor mir lagen. Zweifel beschlichen mich, ob dieser Kasten von Haus aus überhaupt zum Nähen sei – sie waren denen ähnlich, die mich jetzt manchmal auf offener Straße überfallen, wenn ich von weitem nicht entscheiden kann, ob ich vor Augen eine Konfiserie oder eine Friseurauslage habe. Und schwerlich hätte ich mich sehr gewundert, wenn bei den Spulen eine redende, die Spule Odradek, gelegen hätte, die ich fast vierzig Jahre später kennen lernte. Zwar nennt der Dichter diese redende und rätselhafte, welche auf den Treppen und in den Zimmerecken sich herumtreibt, »die Sorge des Hausvaters«. Das wird aber der Vorstand einer jener zweideutigen Familien sein, bei denen sich die Geschlechtsverhältnisse verkehren. Soviel zumindest spürte ich schon damals, dass die Zwirn- und Garnrollen mich mit verrufener Lockung peinigten. Und zwar war deren Sitz in ihrem Hohlraum, in dem früher die Achse kreiste, deren schnelle Drehung den Faden auf die Rolle wickelte. Nachher verschwand dies Loch auf beiden Seiten unter der Oblate, die meistens schwarz war und mit goldenem Aufdruck den Firmennamen und die Nummer trug. Zu groß war die Versuchung, meine Fingerspitzen gegen die Mitte der Oblate anzustemmen, zu innig die Befriedigung, wenn sie riss und ich das Loch darunter tastete.

Neben der oberen Region des Kastens, wo diese Rollen beieinanderlagen, die schwarzen Nadelbücher blinkten, und die

Scheren jede in ihrer Lederscheide steckten, gab es den finstern Untergrund, den Wust, in dem der aufgelöste Knäuel regierte, Reste von Gummibändern, Haken, Ösen und Seidenfetzen beieinanderlagen. Auch Knöpfe waren unter diesem Ausschuss; manche von solcher Form, wie man sie nie an irgend einem Kleid gesehen hat. Ähnliche fand ich sehr viel später wieder: da waren es die Räder an dem Wagen des Donnergottes Thor, wie ihn ein kleiner Magister um die Mitte des Jahrhunderts in einem Schulbuch abgebildet hat. Soviele Jahre also brauchte es, bis sich mein Argwohn, dieser ganze Kasten sei anderem vorbestimmt als Näharbeiten, vor einem blassen Bildchen bestätigt hat,

Schneewittchens Mutter näht und draußen schneit es. Je stiller es im Land wird, desto mehr kommt dieses stillste Hausgeschäft zu Ehren. Je früher am Tag es dunkel wurde, desto öfter erbaten wir die Schere. Eine Stunde verbrachten nun auch wir mit unsern Augen der Nadel folgend, von der träg ein dicker, wollener Faden herunterhing. Denn ohne es zu sagen, hatte jedes sich seine Ausnähsachen vorgenommen – Pappteller, Tintenwischer, Futterale –, in die es nach der Zeichnung Blumen nähte. Und während das Papier mit leisem Knacken der Nadel ihre Bahn freimachte, gab ich hin und wieder der Versuchung nach, mich in das Netzwerk auf der Hinterseite zu vergaffen, das mit jedem Stich, mit dem ich vorn dem Ziele näherkam, verworrener wurde.

Unglücksfälle und Verbrechen

Die Stadt versprach sie mir mit jedem Tag aufs neue und am Abend war sie sie schuldig geblieben. Tauchten sie auf, so waren sie, wenn ich an Ort und Stelle kam, schon wieder fort, wie Götter, die nur Augenblicke für die Sterblichen übrig haben. Ein ausgeraubtes Schaufenster, das Haus, aus dem man einen Toten getragen hatte, die Stelle auf dem Fahrdamm, wo ein Pferd gestürzt war – ich fasste vor ihnen Fuß, um an dem flüchtigen Hauch, den dies Geschehn zurückgelassen hatte, mich zu sättigen. Da war er auch schon wieder hin – zerstreut und fortgetragen von dem Haufen Neugieriger, die sich in alle Winde verlaufen hatten. Wer konnte es mit der Feuerwehr aufnehmen, die von ihren Rennern zu unbekannten Brandstätten befördert wurde, wer durch die Milchglasscheiben in das Innere der Krankenwagen blicken? Auf diesen Wagen glitt und stürzte Unglück, dessen Fährte ich nicht erhaschen konnte, durch die Straßen. Doch hatte es noch seltsamere Vehikel, die freilich ihr Geheimnis eigensinnig wie die Zigeunerwagen hüteten. Und auch an ihnen waren es die Fenster, in denen es mir nicht geheuer schien. Eiserne Stäbchen hielten sie verwahrt. Und wenn ihr Abstand auch so winzig war, dass keinesfalls ein Mensch sich durch sie hätte zwängen können, hing ich doch immer den Missetätern nach, die drinnen, wie ich mir erzählte, gefangen saßen. Ich wusste damals nicht, dass das nur Wagen für die Beförderung von Akten waren, begriff sie aber darum nur noch besser als stickige Behältnisse des Unheils. Auch der Kanal, in dem das Wasser doch so dunkel und so langsam trieb, als sei es mit allem Traurigen auf Du und Du, hielt mich von einem Mal zum andern hin. Umsonst war jede seiner vielen Brücken mit einem Rettungsring dem Tod verlobt. So oft ich sie passierte, fand ich sie jungfräulich. Und am Ende lernte ich, mich mit den Tafeln zu begnügen, die Wiederbelebungsversuche an Ertrunkenen zeigen. Doch diese Akte blieben mir so fern wie die steinernen Krieger des Pergamon-Museums.

Für das Unglück war überall vorgesorgt; die Stadt und ich hätten es weich gebettet, aber nirgends ließ es sich sehn. Ja, wenn ich durch die festgeschlossenen Laden in das Elisabeth-Krankenhaus hätte blicken können! Es war mir, wenn ich durch die Lützowstraße kam, aufgefallen, dass manche Laden hier am hellen Tage geschlossen waren. Auf meine Frage hatte ich erfahren, in solchen Zimmern lägen »die Schwerkranken«. Die Juden, wenn sie von dem Todesengel erzählen hörten, der mit seinem Finger die Häuser der Ägypter bezeichnete, deren Erstgeburt sterben sollte, mögen sich diese Häuser so mit Grauen vergegenwärtigt haben wie ich mir die Fenster, deren Laden geschlossen blieben. Aber tat er wirklich sein Werk – der Todesengel? Oder gingen dann eines Tages doch die Laden auf, und legte sich der Schwerkranke als Genesender ins Fenster? Hätte man ihm nicht nachhelfen mögen – dem Tod, dem Feuer oder auch nur dem Hagel, der gegen meine Scheiben trommelte, ohne jemals sie zu durchschlagen? Und ist es wunderbar, dass, als nun endlich Unglück und Verbrechen zur Stelle waren, dieses Erlebnis alles um sich her – ja auch die Schwelle zwischen Traum und Wirklichkeit – zunichte machte? So weiß ich nicht mehr, ob es einem Traum entstammt oder nur vielfach in ihm wiederkehrte. In jedem Fall war es im Augenblick bei der Berührung mit der »Kette« gegenwärtig.

»Vergiss nicht, erst die Kette vorzumachen« hieß es, wenn mir gestattet worden war, die Tür zu öffnen. Die Angst vor einem Fuße, der sich in die Tür stemmt, ist mir durch meine Kindheit treu geblieben. Und in der Mitte dieser Ängste dehnt sich endlos wie die Höllenqual das Schrecknis, das offenbar nur eingetreten war, weil nicht die Kette vorlag. Im Arbeitszimmer meines Vaters steht ein Herr. Er ist nicht schlecht gekleidet, und er scheint die Gegenwart der Mutter gar nicht zu bemerken, spricht über sie hinweg, als ob sie Luft wäre. Erst recht ist meine Gegenwart im Nebenzimmer für ihn unbeträchtlich. Der Ton, in dem er spricht, ist vielleicht höflich und wohl kaum sehr drohend. Gefährlicher ist eine Stille, wenn er schweigt. In dieser Wohnung ist kein Telefon. Das Leben meines Vaters hängt an einem Haar. Vielleicht wird er das nicht erkennen und, indem er vom Sekretär, den zu verlassen er noch gar nicht Zeit fand, aufsteht, um den Herrn, der eindrang und längst Fuß gefasst hat, hinauszuweisen, wird dieser ihm zuvorgekommen sein, abschließen und den Schlüssel an sich nehmen. Dem Vater ist der Rückzug abgeschnitten, und mit der Mutter hat der andre es auch weiter nicht zu tun. Ja das Entsetzlichste an ihm ist seine Weise, sie zu übersehen, als wenn sie mit ihm, dem Mörder und Erpresser, im Bunde wäre.

Weil auch diese finstere Heimsuchung ging, ohne mir ihr Rätselwort zu hinterlassen, habe ich immer den verstanden, der zum ersten besten Feuermelder flüchtet. Sie stehen als Altäre an der Straße, vor denen man zur Unglücksgöttin fleht. Dann stellte ich mir, noch erregender als das Erscheinen des Wagens, die Minute vor, in der man als einziger Passant sein noch entferntes Sturmsignal erlauscht. Fast immer aber hatte man an ihm den besten Teil des Unheils schon dahin. Denn selbst im Falle, dass es brannte, war vom Feuer nichts zu sehn. Es schien, als ob die Stadt die seltene Flamme mit Eifersucht betreue, tief im Innern des Hofes oder Dachgestühls sie nähre und jedermann den Anblick dieses hitzigen, prächtigen Geflügels, das sie sich da gezogen hatte, neide. Feuerwehrleute kamen ab und zu von drinnen, doch sie sahen nicht aus als seien sie den Anblick wert, von dem sie voll sein mussten. Wenn dann ein zweiter Zug mit Schläuchen, Leitern und Boilern vorgefahren kam, so schien er nach den ersten eiligen Manövern sich in den gleichen Schlendrian hineinzufinden und der robuste und behelmte Nachschub mehr Hüter eines unsichtbaren Feuers als sein Feind. Meist aber kamen keine Wagen nach, sondern auf einmal merkte man, dass auch die Polizei verschwunden und das Feuer abgelöscht war. Keiner wollte einem bestätigen, es sei angelegt gewesen.

LOGGIEN

Wie eine Mutter, die das Neugeborene an ihre Brust legt, ohne es zu wecken, verfährt das Leben lange Zeit mit der noch zarten Erinnerung an die Kindheit. Nichts kräftigte die meine inniger als der Blick in Höfe, von deren dunklen Loggien eine, die im Sommer von Markisen beschattet wurde, für mich die Wiege war, in die die Stadt den neuen Bürger legte. Die Karyatiden, die die Loggia des nächsten Stockwerks trugen, mochten ihren Platz für einen Augenblick verlassen, um an dieser Wiege ein Lied zu singen, das zwar fast nichts von dem enthielt, was später auf mich wartete, dafür jedoch den Spruch, durch den die Luft der Höfe mir auf immer berauschend blieb. Ich glaube, dass ein Beisatz dieser Luft noch um die Weinberge von Capri war, in denen ich die Geliebte umschlungen hielt; und es ist eben diese Luft, in der die Bilder und Allegorien stehen, die über meinem Denken herrschen wie die Karyatiden auf der Loggienhöhe über die Höfe des Berliner Westens.

Der Takt der Stadtbahn und des Teppichklopfens wiegte mich da in Schlaf. Er war die Mulde, in der sich meine Träume bildeten. Zuerst die ungestalten, die vielleicht vom Schwall des Wassers oder dem Geruch der Milch durchzogen waren; dann die langgesponnenen: Reise- und Regenträume; endlich die geweckteren: vom nächsten Murmelspiel im Zoo, vom Sonntagsausflug. Der Frühling hißte hier die ersten Triebe vor einer grauen Rückfront; und wenn später im Jahr ein staubiges Laubdach tausendmal am Tage die Hauswand streifte, nahm das Schlürfen der Zweige mich in eine Lehre, der ich noch nicht gewachsen war. Denn alles wurde mir im Hof zum Wink. Wieviele Botschaften saßen nicht im Geplänkel grüner Rouleaux, die hochgezogen wurden, und wieviele Hiobsposten ließ ich klug im Poltern der Rolläden uneröffnet, die in der Dämmerung niederdonnerten.

Am tiefsten aber konnte mich die Stelle betreffen, wo der Baum im Hofe stand. Sie war im Pflaster ausgespart, in das ein breiter Eisenring versenkt war. Stäbe durchzogen ihn derart, dass er ein Gitter vorm nackten Erdreich bildete. Es schien mir nicht umsonst so eingefasst; manchmal sann ich dem nach, was in der schwarzen Kute, aus der der Stamm kam, vorging. Später dehnte ich diese Forschung auf die Droschkenhaltestellen aus. Die Bäume dort wurzelten ähnlich, doch sie waren noch dazu umzäunt, und Kutscher hingen an die Umzäunung ihre Pelerinen, während sie für den Gaul das Pumpenbecken, welches ins Trottoir gesenkt war, mit dem Strahl füllten, der Heu- und Haferreste wegtrieb. Mir waren diese Warteplätze, deren Ruhe nur selten durch den Zuwachs oder Abgang von Wagen unterbrochen wurde, entlegenere Provinzen meines Hofes.

Viel war an seinen Loggien abzulesen: der Versuch, der abendlichen Muße nachzuhängen; die Hoffnung, das Familienleben ins Grüne vorzuschieben; das Bestreben, den Sonntag ohne Rückstand auszuschöpfen. Aber am Ende war das alles eitel. Nichts lehrte der Zustand dieser eines überm anderen befindlichen Gevierte, als wieviel beschwerliche Geschäfte jeder Tag dem folgenden vererbte. Wäscheleinen liefen von einer Wand zur anderen; die Palme sah um so obdachloser aus, als längst nicht mehr der dunkle Erdteil, sondern der benachbarte Salon als ihre Heimat empfunden wurde. So wollte es das Gesetz des Ortes, um den einst die Träume der Bewohner gespielt hatten. Doch ehe er der Vergessenheit verfiel, hatte bisweilen die Kunst ihn zu verklären unternommen. Bald stahl sich eine Ampel, bald eine Bronze, bald eine Chinavase in sein Bereich. Und wenn auch diese Altertümer selten dem Orte Ehre machten, so gewann auf diesen Loggien der Zeitverlauf selbst etwas Altertümliches. Das pompejanische Rot, das sich so oft in breitem Bande an der Wand entlangzog, war der gegebene Hintergrund der Stunden, welche in dieser Abgeschiedenheit sich stauten. Die Zeit veraltete in diesen schattenreichen Gelassen, die sich auf die Höfe öffneten. Und eben darum war der Vormittag, wenn ich auf unserer Loggia auf ihn stieß, so lange schon Vormittag, dass er mehr er selbst schien als auf jedem anderen Fleck. So auch die ferneren Tageszeiten. Nie konnte ich sie hier erwarten; immer erwarteten sie mich bereits. Sie waren schon lange da, ja gleichsam aus der Mode, wenn ich sie endlich dort aufstöberte.

Später entdeckte ich vom Bahndamm aus die Höfe neu. Und wenn ich dann an schwülen Sommernachmittagen aus dem Abteil auf sie heruntersah, schien sich der Sommer in sie eingesperrt und von der Landschaft losgesagt zu haben. Und die Geranien, die mit roten Blüten aus ihren Kästen sahen, passten weniger zu ihm als die roten Matratzen, die am Vormittag zum Lüften über den Brüstungen gehangen hatten. Abende, die auf solche Tage folgten, sahen uns – mich und meine Kameraden – manchmal am Tisch der Loggia versammelt. Eiserne Gartenmöbel, die ge-

flochten oder von Schilf umwunden schienen, waren die Sitz-
gelegenheit. Und auf die Reclamhefte schien aus einem rot-
und grüngeflammten Kelch, in dem der Strumpf summte, das
Gaslicht nieder: Lesekränzchen. Romeos letzter Seufzer strich
durch unsern Hof auf seiner Suche nach dem Echo, das ihm die
Gruft der Julia in Bereitschaft hielt.

Seitdem ich Kind war, haben sich die Loggien weniger verändert als die anderen Räume. Doch nicht nur darum sind sie
mir noch nah. Es ist vielmehr des Trostes wegen, der in ihrer
Unbewohnbarkeit für den liegt, der selber nicht mehr recht
zum Wohnen kommt. An ihnen hat die Behausung des Berliners
ihre Grenze. Berlin – der Stadtgott selber – beginnt in ihnen.
Er bleibt sich dort so gegenwärtig, dass nichts Flüchtiges sich
neben ihm behauptet. In seinem Schutze finden Ort und Zeit zu
sich und zueinander. Beide lagern sich hier zu seinen Füßen. Das
Kind jedoch, das einmal mit im Bunde gewesen war, hält sich,
von dieser Gruppe eingefasst, auf seiner Loggia wie in einem
längst ihm zugedachten Mausoleum auf.

KRUMME STRASSE

Das Märchen redet manchmal von Passagen und Galerien, die
beiderseits mit Buden voller Lockung und Gefahr bestellt sind.
Als Knabe war mir so ein Gang geläufig; er hieß die Krumme
Straße. Wo sie den schärfsten Knick hat, lag ihr finsterstes
Gelass: das Schwimmbad mit seinen rotglasierten Ziegelmauern.
Mehrmals die Woche wurde das Wasser im Bassin erneuert.
Dann hieß es am Portal »Vorübergehend geschlossen« und ich
genoss eine Galgenfrist. Ich tat mich vor den Ladenfenstern um
und nährte mein Geblüt aus einer Fülle von abgelebten Dingen
in ihrer Hut. Dem Schwimmbad gegenüber lag eine Pfandleihe.
Den Bürgersteig bedrängten Trödler mit ihrem Hausrat. Es
war der Strich, auf dem auch die Monatsgarderoben zu Hause
waren.

Wo die Krumme Straße im Westen auslief, gab es einen Laden für Schreibbedarf. Uneingeweihte Blicke in sein Fenster fingen sich an den billigen Nick-Carter-Heften. Ich wusste aber, wo ich im Hintergrunde die anstößigen Schriften zu suchen hatte. An dieser Stelle war kein Verkehr. Ich konnte lange durch die Scheibe starren, um erst bei Kontobüchern, Zirkeln und Oblaten mir ein Alibi zu schaffen, dann aber unvermittelt in den Schoß dieser papierenen Schöpfung vorzustoßen. Der Trieb errät, was sich am zähesten in uns erweisen wird; mit dem verschmilzt er. Rosetten und Lampions im Ladenfenster feierten das verfängliche Ereignis.

Nicht weit vom Schwimmbad lag der städtische Lesesaal. Mit seinen eisernen Emporen war er mir nicht zu hoch und nicht zu frostig. Ich witterte mein eigentliches Revier. Denn sein Geruch ging ihm voraus. Er wartete wie unter einer dünnen, bergenden Schicht unter dem feuchten, kalten, der mich im Stiegenhaus empfing. Ich stieß die Eisentür nur schüchtern auf. Doch kaum im Saal, begann die Stille meiner Kräfte sich anzunehmen.

Im Schwimmbad widerte mich der Stimmenlärm, der sich in das Brausen der Leitungen mischte, am meisten an. Er drang schon aus der Vorhalle, wo ein jedes die beinernen Bademarken erstehen musste. Den Fuß über die Schwelle setzen bedeutete, von der Oberwelt Abschied nehmen. Danach bewahrte einen nichts mehr vor der überwölbten Wassermasse im Innern. Sie war der Sitz einer scheelen Göttin, die darauf aus war, uns an die Brust zu legen und aus den kalten Kammern uns zu tränken, bis dort oben nichts mehr an uns erinnern werde.

Im Winter brannte schon das Gas, wenn ich aus der Badeanstalt nach Hause ging. Das konnte mich nicht hindern, einen Umweg zu machen, der mich hinterrücks, als wollte ich sie auf frischer Tat ertappen, wieder auf meine Ecke führte. Auch in dem Laden brannte Licht. Ein Teil davon fiel auf die ausgestellte Ware und vermischte sich mit jenem der Laternen. In solchem Zwielicht verhieß das Schaufenster noch mehr als sonst. Denn nun verstärkte sich der Bann, den die auf Scherzpostkarten und

Broschüren fasslich dargestellte Unzucht um mich legte, durch das Bewusstsein, mit der Tagesarbeit für heute Schluss gemacht zu haben. Was in mir vorging, konnte ich behutsam nach Hause unter meine Lampe tragen. Ja, noch das Bett geleitete mich oft zum Laden und zum Menschenstrom zurück, der durch die Krumme Straße geflutet war. Burschen begegneten mir, die mich stießen. Aber der Hochmut, den sie unterwegs in mir hervorgerufen hatten, kam nicht mehr auf. Der Schlaf gewann der Stille meines Zimmers ein Rauschen ab, das mich für das verhasste der Badeanstalt in einem Augenblick entschädigt hatte.

PFAUENINSEL UND GLIENICKE

Der Sommer rückte mich an die Hohenzollern heran. In Potsdam waren es das Neue Palais und Sanssouci, Wildpark und Charlottenhof, in Babelsberg das Schloss und seine Gärten, die unseren Sommerwohnungen benachbart waren. Die Nähe dieser dynastischen Anlagen störte mich beim Spielen nie, indem ich mir die Gegend, die im Schatten der königlichen Bauten lag, zu eigen machte. Man hätte die Geschichte meiner Herrschaft schreiben können, die von meiner Investitur durch einen Sommertag bis zu dem Rückfall meines Reiches an den Spätherbst sich erstreckte. Auch ging mein Dasein ganz in Kämpfen um dieses Reich dahin. Sie hatten es mit keinem Gegenkaiser sondern mit dieser Erde selbst und mit den Geistern, welche sie gegen mich entbot, zu tun.

Es war an einem Nachmittage auf der Pfaueninsel, dass ich mir meine schwerste Niederlage holte. Man hatte mir gesagt, ich müsse dort im Grase mich nach Pfauenfedern umsehen. Wieviel verlockender erschien mir nun die Insel als Fundort so bezaubernder Trophäen. Doch als ich dann die Rasenplätze kreuz und quer vergeblich nach dem Versprochenen durchstöbert hatte, beschlich mich, mehr als Groll gegen die Tiere, die mit ihrem unversehrten Federschmuck vor den Volieren hin und her spazierten, Trauer. Funde sind Kindern, was Erwachsenen Siege. Ich hatte etwas gesucht, was mir die Insel ganz zu eigen gegeben, sie ausschließlich mir eröffnet hätte. Mit einer einzigen Feder hätte ich sie in Besitz genommen – nicht nur die Insel, auch den Nachmittag, die Überfahrt von Sakrow mit der Fähre, all dieses wäre erst mit meiner Feder mir ganz und unbestreitbar zugefallen. Die Insel war verloren und mit ihr ein zweites Vaterland: die Pfauenerde. Und nun erst las ich in den blanken Fenstern des Schlosshofs vorm Nachhausegehen die Schilder, welche der Glast der Sonne in sie schob: ich solle heute nicht ins Innere treten.

Wie damals mein Schmerz kein so untröstlicher gewesen wäre, hätte ich nicht mit einer Feder, welche mir entging, ein angestammtes Land verloren, wäre ein andermal die Seligkeit, radeln gelernt zu haben, nicht so groß gewesen, wenn ich nicht damit neue Territorien mir erobert hätte. Das war in einer jener asphaltierten Hallen, wo in der Modezeit des Radfahrsports die Kunst, die heut ein Kind vom andern lernt, so umständlich wie Autofahren unterrichtet wurde. Die Halle lag auf dem Land bei Glienicke; sie stammt aus einer Zeit, der Sport und Freiluft noch nicht unzertrennlich gewesen waren. Auch hatten sich die verschiedenen Arten des Trainings damals noch nicht gefunden. Eifersüchtig war jede einzelne darauf bedacht, durch eigene Räume und ein drastisches Kostüm sich von den übrigen zu unterscheiden. Weiterhin war es dieser Frühzeit eigen, dass im Sport – zumal in dem, der hier getrieben wurde – die Exzentrizitäten tonangebend waren. Daher bewegten sich in dieser Halle neben den Herren-, Damen-, Kinderrädern modernere Gestelle, deren Vorderrad vier-, fünfmal größer als das hintere und deren luftiger Hochsitz das Gestühl von Akrobaten war, die ihre Nummer übten.

Badeanstalten weisen oft getrennte Bassins für Nichtschwimmer und Schwimmer auf; so konnte auch hier von einer Scheidung die Rede sein. Und zwar verlief sie zwischen denen, die auf dem Asphalt sich üben mussten, und den andern, die die Halle verlassen und im Garten radeln durften. Es dauerte eine Weile, bis ich in diese zweite Gruppe rückte. An einem schönen Sommertage aber entließ man mich ins Freie. Ich war betäubt. Der Weg ging über Kies; die Steinchen knirschten; zum ersten Male gab es keinen Schutz vor einer Sonne, die mich blendete. Der Asphalt war schattig, weglos und bequem gewesen. Hier aber lauerten Gefahren in jeder Kurve. Das Rad, obwohl es keinen Freilauf hatte und der Weg noch eben war, ging wie von selbst. Mir aber war, als hätte ich noch nie auf ihm gesessen. Ein eigener Wille begann in seiner Lenkstange sich anzumelden. Jeder Buckel war im Begriffe, mir mein Gleichgewicht zu rauben. Ich hatte längst verlernt zu fallen, aber nun geschah es, dass die Schwerkraft einen Anspruch, auf den sie jahrelang verzichtet hatte, geltend machte. Mit einmal sank, nach einer kleinen Steigung, der Weg unversehens ab, die Bodenwelle, die mich von ihrem Kamme gleiten ließ, zerstob vor meinem Gummireif zu einer Wolke von Staub und Kieseln, Zweige sausten mir im Vorübereilen ins Gesicht, und als ich alle Hoffnung, mich zu halten, schon fahren lassen wollte, winkte plötzlich die sanfte Schwelle vor der Einfahrt mir. Herzklopfend, aber mit dem ganzen Schwunge, den der eben zurückgelassene Abhang mir noch mitgegeben hatte, tauchte ich auf dem Rade in dem Schatten der Halle ein. Als ich absprang, war es mit der Gewissheit, dass für diesen Sommer Kohlhasenbrück mit seiner Bahnstation, der Griebnitzsee mit den gewölbten Lauben, die zu den Landungsstegen niedergleiten, Schloss Babelsberg mit seinen ernsten Zinnen und die duftenden Bauerngärten von Glienicke durch die Vermählung mit der Hügelwelle so mühelos in meinen Schoß gefallen seien wie Herzogtümer oder Königreiche durch Heirat an die kaiserliche Hausmacht.

DER MOND

Das Licht, welches vom Mond herunterfließt, gilt nicht dem Schauplatz unseres Tagesdaseins. Der Umkreis, den es zweifelhaft erhellt, scheint einer Gegen- oder Nebenerde zu gehören. Sie ist nicht mehr die, der der Mond als Satellit folgt, sondern die selbst in einen Mondtrabanten verwandelte. Ihr breiter Busen, deren Atemzug die Zeit war, rührt sich nicht mehr; endlich ist die Schöpfung heimgekehrt und darf nun wieder den Witwenschleier antun, den der Tag ihr fortgerissen hatte. Der blasse Strahl, der durch die Bretterjalousie zu mir hereindrang, gab mir das zu verstehen. Mein Schlaf fiel unruhig aus; der Mond zerschnitt ihn mit seinem Kommen und mit seinem Gehen. Wenn er im Zimmer stand und ich erwachte, so war ich ausquartiert, denn es schien niemand als ihn bei sich beherbergen zu wollen.

Das erste, worauf dann mein Blick fiel, waren die beiden cremefarbenen Becken des Waschgeschirrs. Bei Tage kam ich nie darauf, mich über sie aufzuhalten. Im Mondschein aber war das blaue Band, das durch den oberen Teil der Becken sich hindurchzog, ein Ärgernis. Es täuschte ein gewebtes vor, das sich durch einen Saum hindurchschlang. Und in der Tat – der Rand der Becken war gefältelt wie eine Krause. Behäbige Kannen standen in der Mitte der beiden, aus dem gleichen Porzellan, das gleiche Blumenmuster tragend. Wenn ich aus meinem Bett stieg, klirrten sie, und dieses Klirren pflanzte auf dem Marmorbelag des Waschtischs sich zu Schalen und Näpfen, Gläsern und Karaffen fort. So froh ich aber war, ein Lebenszeichen – sei es auch nur das Echo meines eigenen – der nächtlichen Umgebung abzulauschen, so war es doch ein unverlässliches und wartete darauf, als falscher Freund mich in dem Augenblick zu überlisten, in dem ich mich's am wenigsten versah. Das war, wenn ich die Hand mit der Karaffe erhob, um Wasser in ein Glas zu schenken. Das Glucksen dieses Wassers, das Geräusch, mit dem ich erst die Karaffe, dann das Glas abstellte – alles schlug an mein Ohr als Wiederholung. Denn alle Stellen jener Nebenerde, auf welche ich entrückt war, schien das Einst bereits besetzt zu halten. So kam mir jeder Laut und Augenblick als Doppelgänger seiner selbst entgegen. Und wenn ich das für eine Weile hatte über mich ergehen lassen, so näherte ich mich meinem Bette voller Furcht, mich selbst schon darin ausgestreckt zu finden.

Ganz legte sich die Angst erst, wenn ich wieder im Rücken die Matratze fühlte. Dann schlief ich ein. Das Mondlicht rückte langsam aus meiner Stube. Und oft lag sie bereits im Dunkeln, wenn ich ein zweites oder drittes Mal erwachte. Die Hand musste als erste sich beherzen, über den Grabenrand des Schlafs zu tauchen, in dem sie Deckung vor dem Traum gefunden hatte. Und wie noch nach Gefechtsschluss einer manchmal von einem Blindgänger ereilt wird, blieb die Hand gewärtig, unterwegs verspätet einem Traum anheimzufallen. Wenn dann das Nachtlicht, flackernd, sie und mich beschwichtigt hatte, stellte sich heraus, dass von der Welt nichts mehr vorhanden war als eine einzige verstockte Frage. Mag sein, dass diese Frage in den Falten des Vorhangs saß, welcher vor meiner Tür, um die Geräusche abzuhalten, hing. Mag sein, sie war nichts als ein Rückstand vieler vergangener Nächte. Endlich mag es sein, dass sie die andere Seite des Befremdens war, das der Mond in mir verbreitet hatte. Sie lautete: warum denn etwas auf der Welt, warum die Welt sei? Mit Staunen stieß ich darauf, nichts in ihr könne mich nötigen, die Welt zu denken. Ihr Nichtsein wäre mir um keinen Deut fragwürdiger vorgekommen als ihr Sein, welches dem Nichtsein zuzublinzeln schien. Der Mond hatte ein leichtes Spiel mit diesem Sein.

Die Kindheit lag schon beinahe hinter mir, da endlich schien er gewillt, den Anspruch auf die Erde, den er sonst nur bei Nacht erhoben hatte, vor ihrem Tagesantlitz anzumelden. Hoch überm Horizont, groß, aber blass, stand er am Himmel eines Traumes über den Straßen von Berlin. Es war noch hell. Die meinigen umgaben mich, ein wenig starr, wie auf einer Daguerreotypie. Nur meine Schwester fehlte. »Wo ist Dora?« hörte ich meine Mutter rufen. Der Mond, der voll am Himmel gestanden hatte, war plötzlich immer schneller angewachsen. Näher und näher kommend, riss er den Planeten auseinander. Das Geländer des eisernen Balkons, auf dem wir alle über der Straße Platz genommen hatten, zerfiel in Stücken, und die Leiber, die ihn bevölkert hatten, bröckelten geschwind nach allen Seiten auseinander. Der Trichter, den der Mond im Kommen bildete, sog alles in sich ein. Nichts konnte hoffen, unverwandelt durch ihn hindurchzugehen. »Wenn es jetzt Schmerz gibt, gibt es keinen Gott«, hörte ich mich erkennen, und sammelte zugleich, was ich hinübernehmen wollte. Alles tat ich in einen Vers. Er war mein Abschied. »O Stern und Blume, Geist und Kleid, Lieb, Leid und Zeit und Ewigkeit!« Jedoch, indem ich diesen Worten mich anheimzugeben suchte, war ich schon erwacht. Und nun erst schien das Grauen, mit dem eben der Mond mich überzogen hatte, sich auf ewig, trostlos, bei mir einzunisten. Denn dies Erwachen steckte nicht, wie andere, dem Traum sein Ziel, sondern verriet mir, dass es ihm entgangen und das Regiment des Mondes, welches ich als Kind erfahren hatte, für eine weitere Weltzeit gescheitert war.

DAS BUCKLICHTE MÄNNLEIN

Solange ich klein war, sah ich beim Spazierengehen gern durch jene waagerechten Gatter, die auch dann erlaubten, vor einem Schaufenster sich aufzustellen, wenn gerade unter ihm ein Schacht sich auftat, welcher dazu diente, mit etwas Licht und Luft die Kellerluken, die in der Tiefe sich befanden, zu versorgen. Die Luken gingen kaum ins Freie, sondern eher ins Unterirdische. Daher die Neugier, mit der ich durch die Stäbe jedes Gatters, auf dem ich gerade fußte, niedersah, um aus dem Souterrain den Anblick eines Kanarienvogels, einer Lampe oder eines Bewohners mit davonzutragen. Es war nicht immer möglich. Wenn ich aber bei Tage dem vergebens nachgetrachtet hatte, so konnte es geschehen, dass sich nachts der Spieß umkehrte und ich selbst im Traum dingfest gemacht wurde von Blicken, die aus solchen Kellerlöchern nach mir zielten. Gnomen mit spitzen Mützen warfen sie. Doch kaum war ich vor ihnen bis ins Mark erschrocken, waren sie schon wieder fort.

Nicht streng geschieden war für mich die Welt, welche bei Tage diese Fenster bevölkerte, von der, die nachts dort auf der Lauer lag, um mich in meinem Traum zu überfallen. Ich wusste darum gleich, woran ich war, als ich in meinem »Deutschen Kinderbuch« von Georg Scherer auf die Stelle stieß: »Will ich in mein Keller gehn / Will mein Weinlein zapfen; / Steht ein bucklicht Männlein da, / Tät mir 'n Krug wegschnappen.« Ich kannte jene Sippe, die auf Schaden und Schabernack versessen war, und dass sie sich im Keller zu Hause fühlte, war nicht wunderlich. »Lumpengesindel« war es. Und gleich erinnerte ich mich der Nachtgesellen, die, so spät, draußen zum Hühnchen und zum Hähnchen stoßen: der Nähnadel sowie der Stecknadel, die beide rufen, »es würde gleich stichdunkel werden«. Was sie sodann am Wirt, der sie des Nachts aufnahm, verübten, dünkte sie wohl nur ein Spaß. Mich aber grauste es. Von ihrem Schlage war der Bucklige. Doch kam er mir nicht näher. Erst heute weiß ich, wie er geheißen hat. Meine Mutter verriet mir's, ohne es zu wissen, »Ungeschickt lässt grüßen«, sagte sie mir immer, wenn ich etwas zerbrochen hatte oder hingefallen war. Und nun verstehe ich, wovon sie sprach. Sie sprach vom bucklichten Männlein, welches mich angesehen hatte. Wen dieses Männlein ansieht, gibt nicht acht. Nicht auf sich selbst und auf das Männlein auch nicht. Er steht verstört vor einem Scherbenhaufen: »Will ich in mein Küchel gehn, / Will mein Süpplein kochen; / Steht ein bucklicht Männlein da, / Hat mein Töpflein brochen.«

Wo es erschien, da hatte ich das Nachsehn. Ein Nachsehn, dem die Dinge sich entzogen, bis aus dem Garten übers Jahr ein Gärtlein, ein Kämmerlein aus meiner Kammer und ein Bänklein aus der Bank geworden war. Sie schrumpften, und es war, als wüchse ihnen ein Buckel, der sie selber nun der Welt des Männleins für sehr lange einverleibte. Das Männlein kam mir überall zuvor. Zuvorkommend stellte sich's in den Weg. Doch sonst tat er mir nichts, der graue Vogt, als von jedwedem Ding, an das ich kam, den Halbpart des Vergessens einzutreiben: »Will ich in mein Stüblein gehn, / Will mein Müslein essen: / Steht ein bucklicht Männlein da, / Hat's schon halber 'gessen.« So stand das Männlein oft. Allein, ich habe es nie gesehn. Es sah nur immer mich. Und desto schärfer, je weniger ich von mir selber sah.

Ich denke mir, dass jenes »ganze Leben«, von dem man sich erzählt, dass es vorm Blick der Sterbenden vorbeizieht, aus solchen Bildern sich zusammensetzt, wie sie das Männlein von uns allen hat. Sie flitzen rasch vorbei wie jene Blätter der straff gebundenen Büchlein, die einmal Vorläufer unserer Kinematographen waren. Mit leisem Druck bewegte sich der Daumen an ihrer Schnittfläche entlang; dann wurden sekundenweise Bilder sichtbar, die sich voneinander fast nicht unterschieden. In ihrem flüchtigen Ablauf ließen sie den Boxer bei der Arbeit und den Schwimmer, wie er mit seinen Wellen kämpft, erkennen. Das Männlein hat die Bilder auch von mir. Es sah mich im Versteck und vor dem Zwinger des Fischotters, am Wintermorgen und vor dem Telephon im Hinterflur, am Brauhausberge mit den Faltern und auf meiner Eisbahn bei der Blechmusik, vorm Nähkasten und über meinem Schubfach, im Blumeshof und wenn ich krank zu Bett lag, in Glienicke und auf der Bahnstation. Jetzt hat es seine Arbeit hinter sich. Doch seine Stimme, welche an das Summen des Gasstrumpfs anklingt, wispert über die Jahrhundertschwelle mir die Worte nach: »Liebes Kindlein, ach, ich bitt, / Bet fürs bucklicht Männlein mit.«

ANHANG

Editorische Notiz

Der vorliegende Text folgt der Ausgabe:

Walter Benjamin: Gesammelte Schriften. Unter Mitwirkung von Theodor W. Adorno und Gershom Scholem herausgegeben von Rolf Tiedemann und Hermann Schweppenhäuser. Band IV/1: Kleine Prosa. Baudelaire-Übertragungen. Herausgegeben von Tillman Rexroth. Frankfurt am Main: Suhrkamp, 1972.

Die Orthographie wurde nach den Regeln der neuen amtlichen Rechtschreibung behutsam modernisiert. Die Interpunktion blieb unverändert. Lautstand und grammatische Besonderheiten blieben ebenfalls gewahrt.

Eindeutige Druck- und Satzfehler wurden stillschweigend korrigiert.

Daten zu Leben und Werk

1892

Walter Benjamin wird am 15. Juli als erstes von drei Kindern des Antiquitäten- und Kunsthändlers Emil Benjamin und seiner Frau Pauline (geb. Schoenflies) in Berlin geboren. Die Familie gehört dem assimilierten jüdischen Bürgertum an.

1902–1905

Benjamin besucht den gymnasialen Zweig der Kaiser-Friedrich-Schule in Berlin Charlottenburg.

1905–1906

Aufenthalt im Landerziehungsheim in Haubinda. Benjamin ist dort Schüler des Reformpädagogen Gustav Wyneken.

1912

Abitur an der Kaiser-Friedrich-Schule. Beginn der Freundschaft mit dem Dichter Christoph Friedrich Heinle, mit dem Benjamin in der Jugendbewegung aktiv ist.

1912–1915

Benjamin studiert Philosophie sowie Deutsche Literatur und Psychologie in Freiburg i. Br. und Berlin, er engagiert sich in der republikanischen »Freien Studentenschaft« und nimmt 1913 am »Ersten Freideutschen Jugendtag« auf dem Hohen Meißner teil. Veröffentlichungen in der Zeitschrift *Der Anfang*.

1914

Benjamin lernt Dora Sophie Pollak, geb. Kellner, seine spätere Frau, kennen. Kurz nach Kriegsausbruch nehmen sich der Freund Heinle und dessen Freundin das Leben. Benjamin verlässt die Jugendbewegung und bricht später, wegen dessen Kriegsbegeisterung, auch mit Gustav Wyneken.

1915
Benjamin setzt sein Studium in München fort. Er lernt Gershom Scholem und Werner Kraft kennen und macht die Bekanntschaft Rainer Maria Rilkes.

1916
Entstehung des Aufsatzes *Über Sprache überhaupt und über die Sprache des Menschen.*
Beginn der langjährigen intensiven Freundschaft mit Gershom Scholem.

1917
Im April Heirat mit Dora Sophie. Im Mai und Juni befinden sich beide in einem Dachauer Sanatorium, wohin Benjamin sich beim erfolgreichen Versuch geflüchtet hat, dem Einzug zum Militär zu entgehen. Anschließend geht Benjamin, nach einem Aufenthalt in St. Moritz, nach Bern, wo er sich im Oktober immatrikuliert.

1917–1919
Fortsetzung des Studiums in Bern, wo Benjamin 1919 bei Richard Herbertz mit der Arbeit *Begriff der Kunstkritik in der deutschen Romantik* promoviert wird.

1918
Geburt des Sohnes Stefan Rafael in Bern. Bekanntschaft mit Ernst Bloch.

1920
Benjamin kehrt nach Berlin zurück. Freundschaft mit Florens Christian Rang.

1921

Arbeit an dem nie realisierten Zeitschriftenprojekt *Angelus Novus*, benannt nach dem gleichnamigen Bild Paul Klees, das Benjamin im Frühsommer des Jahres kauft. Im August erscheint der Essay *Zur Kritik der Gewalt*.

1922

Niederschrift eines Essays über *Goethes Wahlverwandtschaften*.

1923

Benjamin lernt Siegfried Kracauer sowie Gretel und Theodor W. Adorno kennen und kommt so in Kontakt mit dem Frankfurter Institut für Sozialforschung. Im Sommersemester bereitet er an der Universität Frankfurt eine Habilitation in Neuerer Deutscher Literaturgeschichte vor. Übertragung der *Tableaux parisiens* von Charles Baudelaire.

1924

Der erste Teil des Essays *Goethes Wahlverwandtschaften* erscheint in den von Hugo von Hofmannsthal herausgegebenen *Neuen Deutschen Blättern*, der zweite Teil folgt im Januar des Folgejahres. Mehrmonatiger Aufenthalt in Capri. Benjamin lernt die lettische Regisseurin und Schauspielerin Asja Lacis kennen, die ihn zur Beschäftigung mit dem Marxismus anregt.

1925

Benjamins Habilitationsschrift über den *Ursprung des deutschen Trauerspiels* wird von der Frankfurter Universität abgelehnt, nicht aus inhaltlichen Gründen, sondern u.a. weil Benjamins Lebens- und Arbeitsweise mit den Normen der akademischen Institution nicht vereinbar seien. Benjamin nimmt sein Gesuch zurück, er lebt nun als freier Autor und Kritiker in Berlin.

1926

Zusammen mit Franz Hessel übersetzt Benjamin Proust, er hält sich mehrere Monate in Paris auf. Beginn der Tätigkeit für die *Frankfurter Zeitung* und die *Literarische Welt*. Reisen u. a. nach Spanien und Italien.

1926–1927

Im Dezember und Januar hält sich Benjamin in Moskau auf. Wiedersehen mit Asja Lacis.

1927

Halbjähriger Parisaufenthalt, Beginn der Arbeiten am *Passagen-Werk*. Der erste Band der Proust-Übersetzungen erscheint, Benjamin macht erste Drogenexperimente.

1928

Benjamin veröffentlicht die abgelehnte Habilitationsschrift *Ursprung des deutschen Trauerspiels* und eine Sammlung von Fragmenten mit dem Titel *Einbahnstraße* bei Ernst Rowohlt in Berlin.

1929

Regelmäßige Mitarbeit beim Südwestdeutschen Rundfunk sowie bei der Berliner »Funkstunde«. Beginn der Freundschaft mit Bertolt Brecht. Benjamin trifft Asja Lacis in Berlin.

1930

Scheidung von Dora Benjamin. Zusammen mit Brecht und Bernard von Brentano plant Benjamin die Zeitschrift *Krise und Kritik*. Der zweite Band von Benjamins und Hessels Proust-Übersetzung erscheint.

1931

Plan eines Essaybandes für Rowohlt. Niederschrift des Kraus-Essays.

1932
Benjamin hält sich mehrere Monate auf Ibiza auf. Er arbeitet an der *Berliner Chronik* und der *Berliner Kindheit um Neunzehnhundert*, beide Werke werden erst posthum veröffentlicht. Benjamin plant, sich das Leben zu nehmen. Abfassung des ersten Testaments.

1933
Emigration nach Paris. Mehrmonatiger Aufenthalt auf Ibiza. Zahlreiche Veröffentlichungen in der *Vossischen Zeitung* und Beginn der Arbeit für das Institut für Sozialforschung.

1934
Längere Aufenthalte bei Brecht in Svendborg/Dänemark und in San Remo bei seiner geschiedenen Frau. Wiederaufnahme der Arbeit am *Passagen-Werk*. Benjamin lebt in großer finanzieller Not, erhält aber durch die Arbeit für Max Horkheimers *Zeitschrift für Sozialforschung* vom nach New York emigrierten Institut für Sozialforschung materielle Unterstützung. In der *Jüdischen Rundschau* erscheint *Franz Kafka. Eine Würdigung.* Freundschaft mit Hannah Arendt, Hermann Hesse und Kurt Weill.

1935
Letzte Veröffentlichung in der *Frankfurter Zeitung.*

1936
Die Briefanthologie *Deutsche Menschen* erscheint unter dem Pseudonym Detlef Holz in der Schweiz, außerdem Publikation einer französischen Fassung des Aufsatzes *Das Kunstwerk im Zeitalter seiner technischen Reproduzierbarkeit* in der *Zeitschrift für Sozialforschung.*

1937–1938
Arbeit an einem Buch über Charles Baudelaire.

1938
Letzter Besuch bei Brecht in Dänemark. Benjamin schließt die Niederschrift von *Das Paris des Second Empire bei Baudelaire* ab.

1939
Arbeit an *Über einige Motive bei Baudelaire*. Benjamin wird aus Deutschland ausgebürgert und vorübergehend in einem Lager in der Nähe von Nevers interniert.

1940
Rückkehr nach Paris. Aufnahme in den Exil-PEN. Benjamin schreibt die Thesen *Über den Begriff der Geschichte*. Im Juni flieht er zusammen mit seiner Schwester nach Lourdes, im August erhält er durch Vermittlung Max Horkheimers ein Einreisevisum in die USA. Im September scheitert der Versuch, über die Pyrenäen nach Spanien zu fliehen. Am 26. September stirbt Benjamin in Port-Bou, sehr wahrscheinlich handelt es sich angesichts der drohenden Auslieferung an die Gestapo um Freitod mittels einer Überdosis Morphium.

Aus Kindlers Literatur Lexikon:
Walter Benjamin, ›Einbahnstraße‹

Das nur 83 Seiten starke Bändchen, das 1928 (mit einem Titel-
bild des avantgardistischen Fotografen Sasha Stone) bei Ernst
Rowohlt in Berlin erschien, ist Walter Benjamins erstes und zu
Lebzeiten einziges ›literarisches‹ Buch. Zugleich ist es Doku-
ment einer radikalen persönlichen, beruflichen und politischen
Neuorientierung.

1925, nach dem Scheitern seiner akademischen Karriere, ver-
suchte Benjamin sich als freier Kritiker und Übersetzer (von
Marcel Prousts Romanwerk, gemeinsam mit Franz Hessel) in
Berlin und Paris zu etablieren. Die erotisch wie politisch inten-
sive Begegnung mit der russischen Kommunistin Asja Lacis
(1924; Reise nach Moskau 1926/27) resultierte in einer für ihn
selbst überraschenden »Berührung mit einer extremen bolsche-
wistischen Theorie«, die er freilich in einer ästhetisch avancier-
ten, vom französischen Surrealismus inspirierten Schreibweise
produktiv zu machen suchte.

Der Band *Einbahnstraße* enthält in locker-thematischer und
zugleich verrätselter Anordnung kleine Prosastücke teils apho-
ristischer, teils deskriptiv-reflexiver Art (einige davon hatte er
zuvor als Feuilletons in verschiedenen Zeitungen publizieren
können). Über den gesamten Text verstreut finden sich klassi-
sche Aphorismen, häufig mit einer paradoxen Pointe, wie etwa:
»Einen Menschen kennt einzig nur der, welcher ohne Hoffnung ihn liebt.« Mehrfach werden programmatische oder
analytische Aussagen zum Kulturbetrieb in witzig-provokati-
ven Thesenreihen gebündelt (z.B. »Die Technik des Kritikers
in dreizehn Thesen« oder »Bücher und Huren«). Zahlreiche
kleine Prosaminiaturen knüpfen philosophische oder auch
kultur- und gesellschaftskritische Reflexionen an konkrete
Alltagswahrnehmungen, Erinnerungen, Träume oder Reise-
eindrücke.

Hier handelt es sich im genauesten Sinne um »Denkbilder« (mit Tendenz zum Vexier- und Rätselbild), ein Begriff, den Benjamin später selbst verwendet hat und der auch in der Forschung üblich geworden ist. Mehrfach hat man die von Benjamin ausgebreitete Bilderwelt und ihre Deutung, also seinen Denkstil in *Einbahnstraße,* mit dem Begriff der Allegorie bzw. des Allegorischen zu charakterisieren versucht.

Einzelne Texte oder Textgruppen sind regelmäßig mit Marginalien versehen, die als Titel oder Motti fungieren und in einer nicht ganz leicht auflösbaren Spannung zum Textkörper stehen. Diese Doppelstruktur erinnert einerseits an das barocke Emblem, eine Sonderform der Allegorie, das Benjamin in seiner abgelehnten Habilitationsschrift *Ursprung des deutschen Trauerspiels* (als Buch 1930) ausgiebig behandelt hatte, andererseits deutet sie auf die Struktur des »dialektischen Bildes« voraus, die in seinen späteren Arbeiten, besonders auch im sogenannten *Passagen-Werk* eine zentrale Rolle spielen wird.

Unter der verwirrend montierten Textoberfläche sind dennoch gewisse Grundlinien oder Pfeiler der Konstruktion zu erkennen. Zum einen zielt *Einbahnstraße* auf eine Gesellschaftsanalyse der kapitalistischen Gegenwart (in einigem Zusammenhang unter der Titel-Marginalie »Reise durch die Inflation«); zum anderen projiziert sie, bezeichnenderweise auf den letzten Seiten des Büchleins, eine revolutionäre Perspektive in die Zukunft, in der das »Verhältnis von Natur und Menschheit« dank der »Macht des Proletariats« neu geordnet würde. Dem Intellektuellen weist Benjamin dabei eine durchaus wichtige Rolle zu. So definiert er den »Literaturkritiker als Strategen im Literaturkampf« und ist davon überzeugt: »Alle entscheidenden Schläge werden mit der linken Hand geführt werden.« Schließlich wird (ziemlich genau in der Mitte der Text-Konstruktion) dieser Blick auf Gegenwart und Zukunft grundiert durch eine Gruppe relativ breit ausgeführter Erinnerungsbilder aus der Kindheit (»Lesendes Kind«, »Zu spät gekommenes Kind« u. a.), die einen Grundstock für das Buch-Projekt der *Berliner Kind-*

heit um Neunzehnhundert bilden, das Benjamin nach 1932 entwickelte, ohne es abschließen und publizieren zu können.

Die Rezeption des Werkes war, den Zeitumständen entsprechend, eher spärlich, die Bewertung auch durch befreundete Kritiker nicht unkritisch. Der Philosoph Ernst Bloch, der unter dem Titel *Spuren* (1930) seit längerem ähnliche Intentionen verfolgte, subsumierte *Einbahnstraße* unter die »surrealistische Denkart« und verglich sie nicht unzutreffend mit der »Photomontage«. Der Soziologe und Filmkritiker Siegfried Kracauer bezweifelte die politische Wirksamkeit der fragmentarischen Form; stilbildend hat *Einbahnstraße* sicherlich auf Theodor W. Adornos spätere *Minima Moralia* (1945) gewirkt. Erst mit der Benjamin-Rezeption und dem verstärkten Interesse an der Literatur der Weimarer Republik nach 1968 wurde *Einbahnstraße* als ein ebenso radikales wie originelles Werk der literarisch-politischen Avantgardekunst wahrgenommen, wenn nicht gar als einziges Dokument des literarischen Surrealismus in deutscher Sprache.

Jochen Vogt

Aus: Kindlers Literatur Lexikon. 3., völlig neu bearbeitete Auflage. Herausgegeben von Heinz Ludwig Arnold (ISBN 978-3-476-04000-8). – © der deutschsprachigen Originalausgabe 2009 J. B. Metzler'sche Verlagsbuchhandlung und Carl Ernst Poeschel Verlag, Stuttgart (in Lizenz der Kindler Verlag GmbH).

Aus Kindlers Literatur Lexikon:
Walter Benjamin,
›Berliner Kindheit um Neunzehnhundert‹

Das 1950 erschienene Buch rechnete Walter Benjamin unter seine von den Zeitumständen »zerschlagenen Bücher«; es ist zweifellos sein persönlichstes Werk: eine Folge von (je nach Fassung) 30 bis 40 kurzen, oft nur einseitigen autobiographischen Prosaskizzen mit gesellschaftskritischen, psychologischen und poetologischen Aspekten. Als journalistische Auftragsarbeit 1932 begonnen, gewann das Projekt über die Vorstufe der *Berliner Chronik* seinen späteren Umfang, wenn auch keine endgültige Form. Einzelne Texte wurden als Feuilletons noch bis 1934, teils unter Pseudonym, in Berliner Zeitungen gedruckt; eine Buchpublikation war nach 1933 nicht mehr möglich; dennoch arbeitete Benjamin bis 1938 am Manuskript. Eine erste Ausgabe besorgte Theodor W. Adorno 1950 im neuen Suhrkamp Verlag. Heute liegen (wie bei anderen Benjamin-Texten auch) mehrere differierende Textfassungen vor, von denen die in den *Gesammelten Schriften* (1972) am verbreitetsten ist.

Berliner Kindheit um Neunzehnhundert ist ein eigenständiger und (ohne prätentiösen Gestus) kühner Versuch, für das autobiographische Schreiben unter den historischen Bedingungen des 20. Jh.s eine tragfähige Form zu finden. Sie ist deshalb wesentlich durch Abweichungen vom überkommenen Typus der Autobiographie geprägt. Zum einen geht es trotz der Ich-Form nicht um die Rekonstruktion eines individuellen Lebens- und Bildungsweges. Vielmehr werden – wie der artikellose Titel anzeigt – Umrisse eines historisch und soziokulturell bestimmten Sozialisationsprozesses herausgearbeitet: eine ›großbürgerliche‹ und deutsch-jüdische Kindheit im Berlin der Gründerjahre. Zum anderen wird die für die Gattung typische Erzählchronologie, der biographische ›rote Faden‹ durch ein topographisches Prinzip ersetzt.

Benannt sind die meisten Prosastücke nach Situationen, Objekten oder Räumen des kindlichen Alltags, der großbürgerlichen Wohnung oder auch der Schule (»Die Speisekammer«, »Loggien«, »Zu spät gekommen«, »Schülerbibliothek«) sowie nach Orten des städtischen Lebensraums (»Tiergarten«, »Siegessäule«, »Steglitzer Ecke Genthiner«, »Hallesches Tor«), an die sich jeweils bestimmte Erinnerungen oder Anekdoten knüpfen. Ihre Anordnung folgt jedoch keinem erkennbaren äußeren Muster; am ehesten ist sie als »Kaleidoskop« aus einzelnen Bildern oder auch als Text-»Labyrinth« zu verstehen. Jedenfalls wird die Figur des »Labyrinths« gleich in den ersten Zeilen des Buches sowohl für die »Stadt« wie auch für das Kritzelbild auf den »Löschblättern meiner Hefte« verwendet.

Erinnert und erzählt werden die Routinen und Unterbrechungen des Kinderalltags: von der »Erniedrigung« des Schulunterrichts oder den lästigen Einkäufen mit der Mama bis zu den Freuden des Zoobesuchs, der Weihnachtsbescherung und der Lust ›verbotener‹ Lektüre (»Von dem, was ich las, verstand ich nichts«). Gemeinsam sind diesen unverbundenen Episoden wiederkehrende Oppositionen wie Tag und Nacht, »Geborgenheit« und »böse Träume«, »Wunsch« und »Erfüllung«, Freude und Angst, und natürlich immer wieder Vergangenheit und Gegenwart, »Erinnern« und »Vergessen«.

Die verschiedenen Zeitebenen werden dabei nicht schematisch gegeneinandergestellt, sondern kunstvoll und dialektisch miteinander verschränkt. Zunächst folgt die Erzählung der Wahrnehmung des Kindes mit ihren Prinzipien der »Entstellung« und der »Ähnlichkeit« (im Gegensatz zur Rationalität der Erwachsenen). Im Missverstehen von Namen, etwa beim »Anhalter Bahnhof«, wo alle »Züge anhalten müssen«, strukturiert und erschließt das Kind seine Umwelt ›mimetisch‹, nicht deskriptiv oder klassifizierend, und öffnet sich einen Zugang zu einer magisch strukturierten Vorstellungs-Welt. »Das Missverstehen verstellte mir die Welt. Jedoch auf gute Art; es wies die Wege, die in ihr Inneres führten.«

Der Blick des (erlebenden) Kindes wird jedoch von der Sprache und dem Wissen des (erinnernden) Erwachsenen überformt. So treten etwa an der Beschreibung des Naschens in der »Speisekammer« erotische, bei anderen Episoden politische Subtexte hervor. Von eminenter Bedeutung ist dabei Benjamins stilistisch nuancierte, ja ›poetische‹ Sprache, die sehr dichte syntaktische, semantische und metaphorische Verkettungen erzeugt. Auffällig ist die Doppelcodierung vor allem bei den vielen Metaphern und Vergleichen, wenn etwa die Marktfrauen zu »Priesterinnen der käuflichen Ceres« oder zu »schwammigen Najaden« werden. Die ästhetische Mythologisierung des Alltags verweist auf den engen Bezug zu Marcel Prousts Romanwerk (das Benjamin teilweise übersetzt hat).

Ähnliche Effekte erzeugt die unauffällig-raffinierte Erzählperspektive der meisten Stücke. Der Rückblick in die Vergangenheit verschränkt sich mit der gegenläufigen Sicht aus der Vergangenheit in die Zukunft: Ein vernachlässigter »Winkel« im Zoo von 1900 ähnelt einer »verlassenen Promenade von Eilsen oder Bad Pyrmont, und lange ehe diese Orte so verödet lagen« (nämlich infolge der Weltwirtschaftskrise von 1929), »trug dieser Winkel des Zoologischen Gartens die Züge des Kommenden«.

Derart dialektische Figuren zeigen, dass es Benjamin nicht so sehr um das erinnerte Was, sondern um das Wie der Erinnerung selbst zu tun ist. Damit offenbart sich *Berliner Kindheit* auch als ein poetologischer Text, erfüllt den Anspruch des »Denkbilds« aufs Genaueste und stellt sich im Gesamtzusammenhang von Benjamins Œuvre neben das *Passagen-Werk,* das auf anderem Terrain vergleichbare Ziele verfolgt.

Jochen Vogt

Aus: Kindlers Literatur Lexikon. 3., völlig neu bearbeitete Auflage. Herausgegeben von Heinz Ludwig Arnold (ISBN 978-3-476-04000-8). – © der deutschsprachigen Originalausgabe 2009 J. B. Metzler'sche Verlagsbuchhandlung und Carl Ernst Poeschel Verlag, Stuttgart (in Lizenz der Kindler Verlag GmbH).

Thomas Mann

Das Werk in der Fassung der Großen kommentierten Frankfurter Ausgabe

Herausgegeben von Heinrich Detering,
Eckhard Heftrich, Hermann Kurzke, Terence J. Reed,
Thomas Sprecher, Hans R. Vaget und
Ruprecht Wimmer in Zusammenarbeit mit dem
Thomas-Mann-Archiv der ETH Zürich

Buddenbrooks
Verfall einer Familie
Band 90400

Königliche Hoheit
Band 90401

Lotte in Weimar
Band 90402

**Frühe Erzählungen
1893–1912**
Band 90405

Doktor Faustus
Das Leben des
deutschen Tonsetzers
Adrian Leverkühn, erzählt
von einem Freunde
Band 90403

**Die Entstehung des
Doktor Faustus**
Roman eines Romans
Band 90404

Der Zauberberg
Band 90416

Fischer Taschenbuch Verlag

fi 555 117 / 3

Alfred Döblin
Gesammelte Werke im Taschenbuch

Berlin Alexanderplatz
Die Geschichte vom Franz Biberkopf
Band 90458

Die Ermordung einer Butterblume
Gesammelte Erzählungen
Band 90459

**Schriften zu Ästhetik, Poetik
und Literatur**
Band 90462

Wadzeks Kampf mit der Dampfturbine
Roman
Band 90461

Die drei Sprünge des Wang-lun
Roman
Band 90460

Berge Meere und Giganten
Roman
Band 90464

Die beiden Freundinnen und ihr Giftmord
Band 90463

Fischer Taschenbuch Verlag

Literarische Moderne
Das große Lesebuch
Herausgegeben von Moritz Baßler
Band 90252

Wie keine andere Epoche steht die literarische Moderne für den lustvollen Bruch mit Traditionen: Umgangssprache und Großstadt ziehen plötzlich in die verklärten Kunstwelten des 19. Jahrhunderts ein; man entdeckt die Ästhetik des Hässlichen und spielt mit Unsinn und Kontingenz; statt aufs große Ganze zu zielen, taucht man in Bewusstseinsströme ab oder berauscht sich an der »Anarchie der Atome«. – Das vorliegende Lesebuch versammelt die kanonischen und die zu Unrecht vergessenen Texte dieser faszinierenden Epoche und führt eindringlich vor Augen, wie riskant, wie verstörend, wie herrlich unverständlich diese Texte auch heute noch sind. Es gibt keine Epoche der deutschen Literatur, so das Fazit dieser einzigartigen Sammlung, der eine größere Spielfreude zueigen ist, keine, in der mit so anarchischen Zügen experimentiert, und keine, in der mehr gelacht wird.

Mit Texten von Franz Kafka, Christian Morgenstern, Rainer Maria Rilke und vielen anderen.

Das gesamte Programm von Fischer Klassik
finden Sie unter:
www.fischer-klassik.de

Fischer Taschenbuch Verlag

fi 90252 / 1